박에스더  범유진  설재인

이선주  한정영

# 3월 2일, 시작의 날

|주|자음과모음

# 차 례

범유진

3월에 벚꽃색 입히기

범
유
진

창비 신인문학상을 받으며 활동을 시작했다. 지은 책으로 『우리만의 편의점 레시피』 『친구가 죽었습니다』 『I필터를 설치하시겠습니까?』 『내일의 소년 어제의 소녀』 등이 있다.

"엄마, 그러니까 대학교는 입학식이 없다니깐!"

결국 목소리가 높아졌다. 아차, 싶었지만 이미 엎질러진 물이다. 다섯 번이나 같은 말을 되풀이한 뒤니 하늘나라에 있는 아빠도 이해해 줄 거라고, 영우는 변명을 했다.

삼 년 전, 열일곱 살이었던 영우는 아빠의 장례식장에서 앞으로는 절대 엄마에게 짜증을 내지 않겠다고 맹세했다. 오랫동안 병원에 입원해 있던 아빠가 영우에게 마지막으로 남긴 부탁이었기 때문이다.

하지만 그 맹세는 장례식이 끝나고 채 한 달도 지나지 않아 깨졌다. 영우는 엄마에게 짜증을 내지 않는 고등학생은 동화 속 요정 같은 존재라는 결론을 내렸다. 대신 짜증을 낼 때마다 마음속으로 아빠에게 사과를 하는 게 버릇이 되었다. 고3 때는 하루에도 몇 번이고 "미안해, 아빠!"를 되뇌었더니 나중에는 그 말이 주문처럼 느껴지기까지 했다.

수능을 마치고 나와 잘 봤냐고 묻는 엄마에게 모른다고 쏘아붙인 뒤, 영우는 다시금 맹세했다. 이제부턴 정말로 엄마에게 짜증을 내지 않겠노라고. 수능 성적이 발표되고 면접과 합격 발표가 이어지는 동안 몇 번 더 위기가 찾아왔지만, 아슬아슬하게 그 다짐을 지켰다.

하지만 대학교 입학 첫날, 엄마와 통화를 하던 중 그 맹세는 다시 와장창 깨졌다.

—어휴, 왜 소리를 질러? 오티가 뭔가 한다며. 그게 입학식 아니야?

"그건 그냥 큰 강의실에 모여서 앞으로 학과 수업이 어떻게 진행되는지 듣는 거야. 그거 끝나면 바로 수업 들어가야 해서 같이 사진 찍을 시간도 없어."

—무슨 대학교가 입학식도 안 한다니. 로망도 없나.

"……요즘 안 하는 곳 많아."

반은 거짓말, 반은 사실이었다. 입학식을 하지 않는 대학교도 있지만 영우의 학교는 입학식을 했다. 강당에 모여 학장의 연설을 듣는 게 전부이지만 분명한 입학식이다. 하지만 영우는 엄마에게 철저하게 거짓말을 할 작정이었다.

"게다가 엄마 지금 원주잖아? 오늘 강릉도 가야 한다고 했고.

언제 서울까지 왔다가 돌아가려고. 그냥 오지 마."

영우의 엄마는 트럭 운전사다. 현지에서 저렴하게 떼 온 물건을 전국을 돌며 판다. 좋은 물건을 싸게 사기 위해서는 남들보다 빠르게 움직여야 한다는 게 엄마의 지론이다. 그래서 오늘도 새벽같이 원주에 간 것이다.

— 얘도 참. 엄마 운전 솜씨 모르니?

"아니, 그러니까……."

창피하다고. 영우는 금방이라도 그 말이 입 밖으로 튀어나가려는 것을 간신히 삼켰다.

— 엄마 소원이야. 딸 대학교 입학식 날 정문에서 사진 찍는 거. 알잖아?

"언제는 내가 선생님 되는 게 소원이라며!"

영우의 목소리에 또다시 짜증이 묻어났다. 영우도 안다. 엄마가 얼마나 입학식에 진심인지. 엄마는 영우가 유치원에 들어갈 때부터 아무리 바빠도 입학식만은 반드시 참석했다. 입학식은 새로운 출발을 위한 행사니까 응원의 기운을 담뿍 전해야만 한다는 거였다. 영우도 엄마가 입학식에 오는 게 싫지 않았기에, 고등학생 때까지는 이 문제로 싸울 일이 없었다.

하지만 대학교는 사정이 달랐다. 영우가 친구들에게 부모님이 대학교 입학식에 오느냐고 넌지시 물었을 때, 돌아온 반응은 대부분 비슷했다.

"어린애도 아니고."

영우가 두려워하는 건 그 지점이었다. 교복을 입고 대학교 견학을 갔을 때처럼, 입학 첫날에 그곳에 어울리지 않는 사람처럼 어색하게 쭈뼛거리면 어쩌나 하는 두려움. 그 두려움은 어설픈 화장만으로는 다 덮이지 않아서 겁먹은 고양이처럼 몸을 부풀리게 되었다. 그렇게 해서라도 어른스러워 보이고 싶었다. 그러니 엄마가 입학식에 온다는 것은, 애써 부풀린 몸을 납작하게 누르는 일이었다.

─어휴, 알았어. 왜 자꾸 소리를 질러.

날카로운 영우의 말끝과는 다르게 수화기 너머 엄마의 목소리는 늘 그렇듯이 태평했다. 태평하지 못한 것은 오직 영우의 마음뿐이었다. 통화를 마치고 집을 나선 후에도, 대학교 교문을 넘은 후에도, 강의실에 앉아 오리엔테이션을 듣는 동안에도 마음이 불편했다.

오리엔테이션이 끝나고 과 동기들과 어색하게 통성명을 하던 중 휴대폰이 울렸다. 엄마와의 채팅 창에 사진 한 장이 전송되어 왔다. 대학교 정문을 배경으로 꽃다발을 든 엄마의 모습을 본 순간, 영우는 미간을 찌푸렸다. 다시 사진을 유심히 들여다보았다. 몇 번을 봐도 자신이 아침에 통과한 문이었다. 엄마는 결국 학교에 와서, 꽃다발까지 들고 혼자만의 입학식을 치르고 간 것이다. 그러곤 그 사진을 보란 듯이 영우에게 보냈다.

'뭐야, 정말. 죄책감 느껴 봐라 이거야?'

불편했던 마음이 뾰족하게 곤두섰다. 영우는 답장을 보내지 않고 그대로 휴대폰을 주머니에 넣었다.

하는 일이 별로 없어도 낯선 곳에서의 시간은 빠르게 흐르는 법이다. 인문관이 어디 있는지 몰라서 헤매고, 강의실을 찾느라 또 헤매고, 식당을 찾느라 다시 헤맸다. 영우와 몇몇 동기들은 반나절쯤 캠퍼스에서 길 잃은 염소 떼처럼 몰려다니다가 같은 과 선배에 의해 대학 근처 술집으로 인도되었다.

얼굴도 이름도 낯설기만 한 선배들이 내미는 술잔을 받는 일은 상상만큼 즐겁지 않았다. 무엇을 먹어도 소주의 쓴맛밖에 느껴지지 않을 정도가 되자, 밖에 나가 시원한 바람을 쐬고 싶단 생각만 들었다.

하지만 영우는 쉬이 자리를 뜨지 못했다. 옆자리에 앉아 있던 동기가 밖으로 나가자마자 한 선배가 "뭐야, 쟤. 선배들하고 있기 싫나 봐?"라고 말하는 것을 들어 버렸기 때문이었다. 그나마 도망갈 곳이라곤 가게 화장실뿐이었지만, 그마저도 단 하나라 오래 있을 순 없었다. 변기에 조금이라도 길게 앉아 있으면 금세 누군가가 쾅쾅 문을 두드렸다. 그래도 신입생들은 선배들 눈치를 보며 몇 번이고 화장실에 드나들었다.

"저거 누구 거야? 아까부터 계속 울리잖아, 시끄럽게."

화장실에 다녀온 영우가 자리에 앉으려는데, 맞은편 선배가 턱

끝으로 탁자 구석을 가리켰다. 휴지 더미 안에서 울고 있는 건 영우의 휴대폰이었다. 영우는 얼른 휴대폰을 집어 들었다. 화면에 찍힌 부재중 전화가 반가웠다. 드디어 밖으로 나갈 핑계가 생겼다. 그래서 보란 듯이 통화 버튼을 누르며 가게 문을 향해 걸음을 옮겼다.

"여보세요? 부재중 전화가 와 있어서……."

영우는 술집의 소음에 묻힐세라 목소리를 높였다. 들어 보세요. 나 도망가는 거 아니에요, 선배님들. 전화 하러 나가는 거랍니다. 이런 길고 긴 변명을 욱여넣은 말이었다. 수화기 너머에서 누군가가 무어라 말했지만 주변 소리에 파묻혀 잘 들리지 않았다. 잠시만요! 영우는 목청을 한층 더 높인 후 가게 밖으로 나갔다. 서늘한 바람이 뺨에 닿자 술기운에 화끈거리던 얼굴의 열이 잦아들었다. 영우는 가게 옆의 좁은 골목 안쪽에 기대어 섰다. 그러고는 자신도 모르게 소리 내어 중얼거렸다.

"아, 기분 좋아."

―여보세요. 듣고 계십니까?

그제야 떠드는 소리에 묻혔던 목소리가 또렷하게 들렸다.

"아, 예. 누구세요?"

―경찰입니다. 진영우 님 맞으시죠? 김영미 님이 어머니 맞으시고요.

단숨에 술이 깼다. 김영미. 엄마의 이름이다. 누군가가 전화를 걸어 가족의 이름을 확인하는 것이 좋지 않은 징조임을, 영우는 아빠의 죽음을 겪으며 이미 알고 있었다. 경찰의 목소리가 날카로운 바늘이 되어 영우의 귀 안을 찔렀다. 교통사고, 병원, 주소를 메시지로……. 신경이 뾰족하게 곤두섰다.

영우는 가방을 챙겨 술집을 나왔다. 주변 사람들이 어디에 가느냐고 물었지만 대답할 수 없었다. 입을 열면 울음이 터질 것만 같았다.

앱으로 택시를 불러 병원으로 향하는 동안, 영우는 그날을 떠올렸다. 아빠가 위독하다는 연락을 받았던 그날, 엉엉 우는 영우와 다르게 엄마는 차분하게 가방을 챙기고 택시를 불렀다. 영우는 엄마를 이해할 수 없었다. 왜 엄마는 울지 않는 거지? 아무리 아빠의 입원이 길었다지만 어떻게 저렇게 침착할 수 있지? 어떻게 마치 아빠의 죽음을 기다렸다는 듯이 모든 걸 척척 해치울 수 있지? 장례식을 치르는 동안, 몇 번이고 엄마가 미웠다.

택시에서 내려 병원 응급실로 뛰어들어 갈 때서야 영우는 깨달았다. 엄마는 침착할 수밖에 없었던 거다. 울고만 있으면 아빠의 죽음을 정리해 줄 사람이 아무도 없을 테니까.

'나는 책임지지 않아도 돼서 마음껏 울 수 있었던 거구나.'

침착하자. 영우는 마음을 다잡았다. 엄마의 죽음을 정리할 사람은 자신뿐이었다.

*

　장례식이 진행되는 동안 사람들은 영우에게 끊임없이 괜찮냐
고 물었다. 장례식 준비는 대부분 상조회 직원들이 해 주었고, 그
외 어려운 일들은 엄마의 직장 동료들이 떠맡아 처리해 주었다.
경찰이 무언가를 물으러 오거나 보험사에서 사람이 찾아왔을 때
도 누군가는 반드시 영우와 함께 있어 주었다. 그들은 입을 모아
엄마가 얼마나 좋은 사람이었는지 이야기했다. 혼자 짊어지지 않
아도 된다며 영우의 등을 다독여 주기도 했다. 그때마다 영우는
수없이 괜찮다고 대답했다.

　실은 전혀 괜찮지 않았다.

　차라리 엄청나게 바빴다면 좋았을 거다. 아니면 좀 더 대답하
기 어려운 질문을 잔뜩 받아서 머릿속이 분주해졌다면 괜찮았을
지도 모른다. 그랬다면 머리 한편에 계속 떠오르는 '만약'이라는
단어를 몰아낼 수 있었을 것이다.

　영우는 장례식 내내 병원 근처 여관에서 지냈다. 마지막 날, 화
장터에서 돌아와 사흘 만에 집 현관문을 열자 묵은 먼지 냄새가
훅 밀려 나왔다. 온통 어두운 집 안에서 오직 한 곳만이 밝았다.
부엌 불이 켜져 있었다. 영우는 빛에 홀린 나방처럼 부엌으로 가
들고 있던 상자를 식탁 위에 내려놓았다. 그 안에는 엄마의 유품
이 들어 있었다. 엄마의 직장 동료들이 가져다준 것과 사고 현장

에서 수습된 물건들이었다.

식탁 의자에 걸터앉은 영우는 멍하니 앞을 바라보았다. 식탁 위에는 물컵과 먹다 남은 과자 봉지가 놓여 있었다. 사진 속 엄마가 떠올랐다. 대학교 정문에서 환하게 웃고 있던 엄마는, 트럭을 운전할 때 입는 편한 운동복이 아닌 하얀 블라우스에 정장 바지 차림이었다. 부엌 문지방 너머 어두운 거실을 노려보았다. 어둠 속에서 사흘 전 아침, 원주에서 돌아온 엄마의 환영이 어른어른 살아 움직이기 시작했다.

환영은 허둥지둥 집에 뛰어들어 와 옷장을 뒤졌다. 한 손에 옷을 움켜쥔 채 찬장에서 과자를 꺼냈다. 과자를 입에 한 주먹 쏟아넣고 우물거리며 블라우스 단추를 잠그고, 눈으로는 컵이 어디 있는지 찾았다. 영우가 아는 엄마는 언제나 그렇게 분주한 모습이었다. 영우와 대화를 하면서 주문받은 물품을 체크했고, 빨래를 개면서 전화를 받았다. 영우는 엄마의 그런 모습이 싫어서 "하나만 해, 하나만" 하고 종종 짜증을 냈다.

"바쁘단 말이야. 뭐 하나에만 집중하면 안정이 안 돼."

엄마의 대답은 늘 같았다.

"……바보 같아, 진짜."

그렇게 바쁜데 뭐 하러 대학교까지 와서 쓸데없는 사진을 찍은 걸까. 왜 고작 사진 한 장을 찍으러 원주에서 서울까지 올라온 걸까. 영우는 엄마의 바보 같은 점을 하나씩 꼽아 보았다. 툭하면 바쁘다고 하면서도 영우가 혼자 집에 있는 게 걱정된다며 늦은 밤에라도 고속도로를 달려 집에 돌아왔던 점, 연애는 딸이 성인이 된 후에 할 거라고 다가오는 남자를 모두 거절했던 점, 그리고 또…….

"……만약 엄마에게 입학식에 함께 가자고 했다면 어땠을까."

장례식장에 있는 내내 영우의 머리 한편을 차지하고 있던 문장이 툭, 입 밖으로 새어 나왔다. 몇 번이고 상상했다. 만약 입학식에 함께 갔다면 엄마는 하루 일정을 통째로 비웠을 거다. 입학식이 끝나고 같이 점심을 먹어야 하니까. 그러고는 "오늘은 물품 떼러 가긴 이미 늦었으니까 맛있는 저녁이나 준비해 놓을까?"라고 말했을 것이다. 모든 입학식 날 그랬듯이.

그랬다면 엄마는 그날 트럭을 운전하지 않았을 거고, 화물차에 들이받히는 사고를 당하지도 않았을 거다. 당시에는 망설이지조차 않았던, 그러니 실상은 놓쳤다고 할 수도 없는 과거의 선택지가 자꾸만 엄마와 통화하던 순간을 떠올리게 했다. 영우는 남은 과자와 함께 엄마와의 마지막 통화를 아작아작 곱씹었다.

'소원이라고 했는데.'

엄마는 소원이 많은 사람이었다.

영우가 유치원에서 친구들과 잘 지내는 게 소원이야. 영우가 초등학교에 적응 잘하면 소원이 없겠어. 우리 식구들 건강하기만 하면 더 바랄 게 뭐가 있겠어.

옆집 아주머니와 대화를 할 때나 식탁에서 아침을 먹을 때 툭툭 던지던 엄마의 소원은 너무나 가벼운 것들뿐이라, 영우는 그중 무엇도 진지하게 여기지 않았다. 고등학교 3학년 때는 "엄마가 내 소원까지 빨아들여서 내가 하고 싶은 게 없나 봐"라고 괜히 투덜거리기도 했다.

그때 영우의 가장 큰 고민은 지망 대학을 정하지 못하고 있단 거였다. 하고 싶은 것도, 되고 싶은 것도 없었지만 성적에 맞추어 대학에 가는 애처럼 보이긴 싫었다. 그래서 사범대에 간다고 했다. 딱히 선생님이 되고 싶었던 건 아니었다. 진로 상담을 받기 전까지 교대와 사범대의 차이도 몰랐다. 하지만 "엄마 소원이라서요"라고 하면 담임이 별다른 질문을 하지 않는 게 좋았다. 게다가 엄마가 바라서 사범대에 가는 거라고 엄마에게 한껏 생색을 낼 수도 있었다.

영우가 사범대 합격 소식을 전했을 때, 엄마는 울었다. 아빠의 장례식에서도 울지 않았던 엄마인데. 영우는 영문 모를 눈물에 놀라 허둥거렸다. 그때 처음으로, 엄마의 소원이 마냥 가볍지만은 않다는 것을 알았다.

'그러니까…… 대학교 입학식에 오는 것도 엄마에겐 중요한 소원이었을지 몰라. 그걸 나는 모른 척했어. 거짓말까지 하면서.'

영우는 손을 뻗어 상자 안에서 엄마의 유품을 하나씩 꺼냈다. 방전된 휴대폰, 휴대폰 충전기, 안경, 열쇠고리가 달린 자동차 키

와 얇은 카디건이 전부였다.

"엄마 소원, 내가 꼭 이루어 줄게."

입학식은 이미 끝나 버렸다. 이제 영우가 들어 줄 수 있는 엄마의 소원은 선생님이 되는 것뿐이다. 영우는 이번 맹세만큼은 반드시 지키리라 결심했다.

*

봄이 네 번 지나고, 영우는 대학교 4학년이 되었다. 그는 지난 사 년간 매일 정해진 시간표대로 움직였다. 새벽 네 시에 일어나 동영상 강의를 듣고 자격증 공부를 하고 수업을 들으러 갔다. 시간을 빼앗기는 게 싫어서 친구는 최소한으로만 사귀었다. 사범대를 졸업한 후에도 임용 시험에 붙기까지 이삼 년은 걸린다거나, 중등 임용 선발 인원이 점점 줄어들고 있다든가, 임용에 붙더라도 발령을 받기까지 일 년 넘게 기다려야 한다는 뉴스를 볼 때면 영우는 손톱을 물어뜯었다.

'그렇게나 늦어지면 안 되잖아. 그렇지, 엄마?'

어떻게든 대학을 졸업하자마자 임용 시험에 붙어서 빨리 엄마의 소원을 이루어 주고 싶었다. 잠깐 남자 친구를 사귀었지만 공부에 방해가 되는 것 같아 곧 헤어졌다. 방학 때는 학원에 틀어박혔다. 그래도 과 동기들과의 술자리에는 종종 참석했다. 특히 학기 초 술자리에는 빠지지 않았다. 아웃사이더가 되었다가 임용에 필요한 정보를 얻어듣지 못하면 큰일이니까.

빙글빙글, 영우는 오직 임용 시험 합격이라는 해를 따라 움직이는 해바라기였다.

"역시 부설 학교에 배정되는 게 최고라더라."

새 학기가 시작되자 술자리의 주제는 역시나 교육 실습이었다. 5월이 되면 사범대 4학년생은 교육 실습을 나간다. 이른바 '교생'이 되어 처음으로 교단에 서는 것이다. A 중학교에 가면 아무도 없는 도서실에서 혼자 밥을 먹어야 한다거나, C 고등학교는 급식비 지원이 안 된다거나 하는 이야기가 괴담처럼 떠돌기도 했다.

"부설 학교는 실습 신청서만 내면 되지만, 다른 곳은 일일이 전화 걸어야 한다더라."

"교육 실습생 오는 거 다 귀찮아한다던데…… 일에 방해된다고. 눈치 주면 어쩌지?"

동기들이 앞다투어 불안을 털어놓았다. 불안하기는 영우도 마찬가지였다. 교육 실습 평점이 4점 미만이면 교사 자격증을 발급받지 못할 수도 있다. 영우의 젓가락 끝에서 계란말이가 으스러졌다.

"영우는 오늘도 술은 패스?"

"응."

술자리에 참석해도 술은 마시지 말 것. 이게 영우가 정한 원칙이었다. 술을 마셨다가는 새벽에 일어나서 공부하는 게 힘들어진다. 친구는 흥, 하고 살짝 콧방귀를 뀌고는 몸을 비틀어 영우에게서 등을 돌렸다.

"임용 시험 준비도 힘든데, 교생 시작하면 수업 준비다 뭐다 정신 하나도 없겠지?"

"나는 임용 오래 걸릴 각오 하고 시간제 먼저 할 거야."

"에휴, 모르겠다. 일단 건배!"

한 명이 잔을 들어 올렸다. 영우도 건배를 외치며 물컵을 들어 부딪혔다. 동기 중 한 명이 안주를 추가로 주문했다. 술자리가 길어질 징조였다. 지금 빠져나가지 않으면 새벽까지 붙들려 있어야 할 터다.

"나는 이만 갈게."

영우는 발아래 놓아둔 가방을 집어 들고 자리에서 일어났다.

"뭐야, 진영우, 또 중간에 빠져?"

"냅둬. 오죽하면 별명이 철인이겠냐."

술에 취한 목소리가 등 뒤에 따라붙었다.

"부럽다. 영우 쟤는 교육 실습도 겁내지 않고 척척 해낼 것 같아."

"뭐가 부러워? 임용 준비 로봇도 아니고. 저렇게 살기는 싫어. 즐거워 보이지가 않잖아. 맨날 딱딱하게 굳은 표정으로 책만 보고 있고."

영우는 턱에 힘줄이 설 정도로 이를 꽉 악물었다.

'당연히 즐겁지 않아. 즐거울 필요도 없어. 너희가 뭘 알아?'

걸음이 빨라졌다. 현관문을 열자 부엌에 켜 놓은 희뿌연 백열등 빛이 밀려 나왔다. 사 년 전부터 영우는 밖에 나갈 때마다 부엌불을 켜 놓고 가기 시작했다.

"다녀왔습니다."

영우가 부엌 의자에 걸터앉으며 중얼거렸다. 식탁 한쪽에는 엄마의 휴대폰이 충전기에 꽂힌 채 놓여 있다.

장례식을 마치고 온 다음 날, 영우는 통신사에 가서 엄마의 휴대폰 번호를 자신의 명의로 옮겼다. 그 번호를 다른 사람이 쓴다고 생각하니 견딜 수가 없었다. 요금도 착실히 내고 있다.

방전된 엄마의 휴대폰은 충전기에 꽂자마자 금세 살아났다. 가끔 그 휴대폰에 메시지가 왔다. 엄마가 세상을 떠난 지 일 년이 채 지나지 않았을 때는 전화도 하루에 몇 번씩 걸려 왔다. 영우는 메시지를 확인하지도, 전화를 받지도 않았다. 하지만 엄마의 휴대폰이 울리는 것은 좋아했다. 그럴 때마다 엄마가 아직 옆에 머물러 있는 것처럼 느껴졌다.

영우는 제 휴대폰을 꺼내 엄마와의 대화창을 열었다. 엄마가 보낸 사진을 마지막으로 대화창은 멈췄다.

몇 번이고 그곳에 무언가를 쓰려 했다. 영우도 머리로는 알고 있다. 대화창은 대화창일 뿐이다. 무슨 말을 써도 엄마에게 가닿을 리는 없다. 그러나 누군가를 향한 그리움은 이성을 흐려지게 만들었다. 영우는 대화창의 전파가 저쪽 세상까지 이어져 있는 상상을 했다. 한 해, 또 한 해가 지나면서 그 상상은 점점 진실처럼 굳어졌다.

그래서 영우는 결국 대화창에 무엇도 쓸 수가 없었다. 한 번 대화창이 움직이면 그때부턴 견딜 수 없는 마음을 모두 그곳에 쏟아 낼 것만 같았다. 원망과 불안, 어리광 피우고 싶은 마음들. 하지만 또다시 엄마에게 응석을 부릴 순 없었다.

[엄마, 엄마 소원이 드디어 이루어졌어.]

엄마가 보낸 마지막 메시지의 답장은 역시 이 문장이어야만 한다. 영우는 이 말을 자랑스럽게 쓸 수 있을 때까지 대화창에 무엇도 쓰지 않을 작정이었다.
"……엄마, 나 교육 실습 힘낼게."
덕분에 지난 사 년간 영우는 혼잣말만 늘었다.

*

5월 초, 영우는 교육 실습 배정을 받았다. 대학교의 부설 중학교 3학년을 담당하게 되었다. 한 반에 스물다섯 명씩, 여섯 개 반이 한 학년이었다. 수업 지도안을 만드는 것보다 아이들의 이름과 얼굴을 외우는 것이 더 힘들었다. 아이들 몇몇은 영우와 마주치기만 하면 불쑥 "선생님, 내 이름 알아요?"라고 묻기도 했다.

황태현도 그런 아이 중 한 명이었다. 교육 실습을 시작한 지 나흘째 되던 날, 영우는 황태현의 이름을 틀렸다. 황태현은 잠시 영우를 빤히 바라보더니 히죽 웃었다.

"진영우 교생 선생님, 잠깐 이야기 좀 할까요."

수업을 참관하고 연구실로 돌아가려는데 김 선생이 영우를 불렀다. 영우의 담당 지도 교사인 김 선생은 영우보다 다섯 살 많은 교무실의 막내다. 그는 이상할 정도로 잘 놀라는 사람이었다. 누군가가 책상에 올려 둔 휴대폰에서 진동만 울려도 어깨를 움츠리곤 했다.

"학부모에게서 항의 전화가 왔습니다. 교생 선생님이 몇몇 아이들의 이름만 외워서 불러 줬다고요. 선생님이 이름을 틀린 아이가 소외감을 느꼈다고 하니, 주의해 주세요."

"예. 빨리 외우도록 하겠습니다."

김 선생은 무언가 더 말하려는 듯이 아랫입술을 질근질근 씹다가 뒤돌아섰다.

그날 저녁부터 영우는 화장실에 갈 때도 학생들 명단을 손에 쥐고 갔다. 덕분에 본격적으로 수업을 시작한 두 번째 주에는 다른 반 학생들의 이름과 얼굴도 어느 정도 매치할 수 있게 되었다.

그때까지도 영우는 몰랐다. 모르는 것이 너무 많았다.

첫 번째 수업은 김 선생이 담임을 맡고 있는 반, 그러니까 '우리 반'이 배정되었다. 한 주간 조회와 종례 시간에 아이들의 얼굴을 익힌 터라 조금은 마음이 편했다.

"건강 가정이래. 야! 이민호! 넌 해당 사항 없으니깐 수업 들으면 안 되는 거 아냐?"

영우가 수업용 PPT를 화면에 띄웠을 때, 누군가가 불쑥 외쳤다. 이번 수업의 단원명이 '변화하는 가족과 건강 가정'이었다. 곳곳에서 키득거리는 웃음이 송곳처럼 튀어 올랐고, 교실 중간쯤 앉아 있던 남자아이 한 명이 푹 고개를 숙였다. 교실 뒤에 서 있던 김 선생의 얼굴에 난처한 빛이 떠올랐다.

영우는 주말 내내 외운 반 아이들의 이름을 떠올렸다. 소리를 지른 아이의 이름은 황태현. 고개를 숙인 쪽은 이민호. 이민호의 이름 옆 특이 사항 란에는 '보육 시설 거주 중'이라고 쓰여 있었다. 사정은 확실히 알 수 없으나 상황은 대충 짐작이 갔다. 어디든 황태현처럼 타인이 가지지 못한 무언가를 들춰야만 직성이 풀리는 사람들이 있으니까.

영우는 가볍게 교탁을 두드렸다.

"조용히 하세요, 황태현 학생. 일어나서 건강 가정이 뭔지 설명해 보세요."

웃음소리가 잦아들었다. 황태현은 자리에 앉은 채 불퉁하게 대답했다.

"안 배워서 모르는데요."

황태현의 특이 사항 란에는 뭐라고 적혀 있었더라. 아무리 기억을 더듬어도 떠오르는 것이 없었다. 김 선생이 양손으로 작게 엑스 자를 만들어 보였지만, 영우로서는 그것이 무엇을 뜻하는 신호인지 알 수 없었다.

"건강 가정이 뭔지도 모르면서 다른 친구에게 해당 사항이 없다고 한 거군요."

"그건⋯⋯."

황태현이 시선을 좌우로 빠르게 굴리더니 입을 꽉 다물었다.

"건강 가정은 외적 형태가 아니라 구성원 간 상호 관계로 판단합니다. 가정의 다양한 형태를 인정하지 않는 건 아주 낡은 생각입니다. 자, 그럼 우리 건강 가정이 뭔지 좀 더 자세히 알아볼까요?"

수업 시간 내내 황태현은 팔짱을 끼고 영우를 노려보았다. 이민호는 계속 고개를 들지 않았고, 반에는 기묘한 적막이 감돌았다. 영우가 질문을 해도 아무도 대답하지 않았고, 농담을 해도 웃지 않았다. 몇 번이고 헛기침을 하며 간신히 수업을 끝낸 영우가 교실을 나서자마자 김 선생이 다가와 다짜고짜 물었다.

"왜 그러셨어요?"

영우는 영문을 몰라 눈만 깜빡거렸다.

"왜 하필 황태현을 건드렸냐고요."

그 말이 무슨 뜻인지는 점심시간이 채 되기도 전에 알 수 있었다. 황태현의 어머니가 학교로 찾아온 것이다. 멋진 스카프를 맨 황태현의 어머니는 느닷없이 영우를 아동 학대로 고소하겠다고 했다. 황태현이 수업 시간에 부정적인 피드백을 받아 심리적으로 위축되었다는 게 이유였다. 영우가 상황을 설명해도 소용없었다.

"우리 애는 같은 반 친구가 수업 내용 때문에 상처받을까 봐 한 말이었다고 했어요. 그렇게 다정한 아이에게 모진 말을 하다니요? 당신 같은 사람이 교생이라니 믿을 수 없어요. 당신은 선생님이 될 자격이 없다고요!"

황태현의 어머니는 괴수였다. 사람의 말이 통하지 않고 입에서 불을 뿜는 괴수. 교장이 달려 나온 후에도 괴수는 불 뿜기를 멈추지 않았다. 영우는 죄인처럼 고개를 숙이고 서서 자신이 무엇을 잘못했는지 고민했다. 아무리 생각해도 잘못한 게 없었다. 그러나 죄송하다고 말해야만 했다. 교장이 그것을 바랐으니까.

괴수가 돌아간 후, 김 선생은 영우에게 속삭였다.

"실습 기록에 이런 이야기는 쓰면 안 돼요. 알았죠? 그랬다가는 학점에 악영향이 갑니다."

영우는 고개를 숙인 채 예, 라고 대답했다. 정말로 괴수에게 끌려가기라도 했던 것처럼 정신이 혼미했다. 별관 4층으로 향하면서 그래도 끝났으니 되었다고, 애써 스스로를 위로했다.

영우는 몰랐다. 정말로, 모르는 것이 너무 많았다.

다음 날부터 교무실로 하루에 십여 통이 넘는 전화가 걸려 오기 시작했다. 발신인은 모두 황태현의 어머니였다. 그는 무조건 영우를 바꾸어 달라고 한 뒤 뜬금없는 독백을 시작했다. 영우는 일주일 만에 황태현의 부모님을 비롯해 삼촌과 고모와 할아버지의 직업은 물론 최종 학력까지 알게 되었다. 방향성 없이 이어지는 독백의 핵심은 결국 "자격 없는 사람이 학교에 있는 것이 불쾌하니 하루라도 빨리 그만둬라"라는 것이었다. 영우가 전화를 받지 않으면 학교로 찾아와 드러눕겠다고 엄포를 놓았기에 피할 수도 없었다. 그 정도 기행은 너끈히 해낼 사람이었다. 영우는 전화를 받느라 점심을 먹지 못하거나 수업 참관을 하다가도 불려 나가는 일이 잦아졌다.

하지만 시도 때도 없이 걸려 오는 전화보다 괴로운 건 반 아이들이 영우를 투명 인간 취급하는 거였다. 학생 때도 겪어 본 적 없는 따돌림을, 교생이 되어 겪게 되었다. 아이들은 김 선생이 전달 사항을 전할 때면 곧잘 대답하다가도 영우가 교단에 서면 약속이라도 한 듯 아무런 반응도 보이지 않았다. 버킷 리스트 만들기며 상장 수여식 등등, 생각을 짜내 시도한 이벤트도 소용없었다.

교육 실습을 시작한 지 3주째. 본격적으로 수업을 진행하게 되면서 문제는 더 커졌다. 영우가 김 선생에게서 나누어 받은 수업은 총 5차시였고, 그중 세 번이 '우리 반'에서 진행될 예정이었다.

영우는 교과 협의회 때 김 선생에게 수업을 다른 반에서 진행할 수 있게 해 달라고 부탁했지만 거절당했다. 김 선생이 영우에게 준 피드백은 오직 하나, 실습 기록부든 소감문이든 어디에도 절대 학부모에게 클레임을 받았다는 기록을 남기지 말란 것뿐이었다.

집에 돌아와 식탁에 앉아서 실습 기록부를 펴 놓고 밤을 새우는 날이 이어졌다. 써야만 하는데, 쓸 수 있는 것이 없었다. 영우는 몇 번이고 엄마의 휴대폰을 집어 들었다가 놓기를 반복했다.

"너무 걱정하지 않아도 돼요."

교무실에서 또다시 전화에 시달리고 난 후, 땀이 난 손으로 마른세수를 하며 서 있는데 지나가던 수학 선생이 영우에게 말을 걸었다.

"고소한다고 으름장만 놓지, 진짜 하지는 않아요."

"……어떻게 확신하세요?"

"그야, 반년 전에는 내가 당했으니까."

수학 선생의 말투는 덤덤했다.

"올해 초에는 김 선생님이었어요. 그래서 김 선생, 황태현이라면 학을 떼잖아. 작년, 재작년 교육 실습 온 교생들도 다 한 번씩 당했고. 학교에서 선배들한테 뭐 들은 거 없어요?"

"없는데요……."

"나름 소문 쫙 퍼졌을 텐데. 영우 씨, 인간관계 안 좋구나? 여하튼 조금만 더 견뎌요. 그래도 진 선생님은 떠날 사람이잖아. 김 선생님은 저 폭탄을 반년 넘게 더 끌어안고 있어야 해요. 실습 끝날 때까지만 폭탄 처리 좀 해 준다고 생각하세요."

수업 시작을 알리는 벨이 울렸다. 수학 선생이 교무실을 나간 후, 영우는 다시 한번 천천히 얼굴을 손바닥으로 쓸어내렸다. 땀으로 끈적거리던 손바닥은 그새 말라 있었다.

'그래, 어차피 얼마 후면 끝나.'

가치 없는 대화였지만 이 말만은 그럭저럭 주워 삼킬 만했다.

'이민호가 황태현에게 어떠한 폭력을 당하든 내가 끼어들 필요는 없었는데. 이민호도 나를 투명 인간 취급하고 있잖아. 그 앤 내 간섭이 귀찮았던 걸지도 몰라.'

떠날 사람 주제에 건방지게 무언가를 해결해 보려 하면 안 되었던 것이다. 그렇게 생각하자 이상하게 마음이 가벼워졌다. 있어야 할 것까지 몽땅 비워져 버린 듯한 가벼움이었다.

영우는 저녁에 집에 돌아와 망설임 없이 실습 기록부를 썼다. 다음 날도, 그다음 날도 그냥저냥 무난한 말로 실습 기록부를 채웠다.

일주일은 금세 지났고, 교육 실습 종료일이 다가왔다. 영우는 주변에서 하는 대로 반 아이들 수만큼 선물을 준비해 들고 갔다. 수업이 끝나고 초콜릿과 쿠키, 사탕을 넣은 작은 꾸러미들을 교실 뒤쪽에 놓아두었다. 투명 인간인 채 작별 인사를 했다. 교무실에 가 선생님들에게 인사를 하고 선물을 나누어 준 후 교실로 돌

아왔다. 예상대로 선물 꾸러미는 아무도 가져가지 않아 그대로
남아 있었다. 영우는 꾸러미를 다시 하나씩 쇼핑백에 담았다.

"어라, 하나가 비네."

준비한 꾸러미는 스물다섯 개였는데, 남아 있는 건 스물네 개
였다.

'적어도 한 명에겐, 나는 투명 인간이 아니었구나.'

텅 빈 마음에 꾸러미 하나만큼의 온기가 내려앉았다.

*

대학교 졸업식 전날, 영우는 임용 시험 합격 통보를 받았다. 친
구들은 영우에게 독하다고 했다. 영우는 축하 술자리를 갖자는
것을 마다하고 소주 한 병을 사 들고 집에 왔다. 식탁 맞은편에 잔
을 놓고 술을 채운 뒤, 엄마가 없는 엄마의 자리를 보며 천천히 한
병을 다 마셨다.

임용 시험에 합격했다고 해서 바로 교사가 될 수 있는 건 아니
었다. 영우는 대기 발령 상태가 되었다. 발령을 받기까지 짧게는
삼 개월, 길게는 이 년까지 걸릴 수도 있다고 했다. 엄마의 소원이
이뤄지는 날을 그렇게까지 미룰 순 없었다.

영우는 기간제 교사에 지원했다. 집에서 다섯 정거장 떨어진
중학교에서 연락이 왔다. 3월부터 7월까지, 한 학기가 계약 조건

이었다. 면접을 보러 오라고 해서 2월 마지막 주에 정장을 차려입고 집을 나섰다.

학교 앞 정류장에서 내려 담벼락을 따라 걸었다. 학교가 가까워질수록 이상하게 심장이 조이듯 아파 왔다. 체한 건가 싶어 편의점에 들러 소화제를 사 마셨다. 학교 교문에는 다음 주에 있을 입학식을 위한 것인지 "입학을 진심으로 축하합니다"라고 적힌 플래카드가 걸려 있었다.

교문 밖에 서서 교문 너머의 학교를 바라보고 있노라니 심장 통증이 점점 거세어졌다. 운동장에서는 몇몇 아이들이 축구를 하고 있었다. 뛰어다니는 아이들의 움직임이 점점 슬로 모션으로 보이더니, 모두가 멈춰 서서 영우를 노려보았다. 영우는 고개를 양옆으로 마구 흔들었다. 다시 보니 아이들은 그저 열심히 공만 쫓고 있었다.

숨이 찼다. 뛰지도 않았는데, 숨이 차올라 견딜 수가 없었다. 영우는 크게 숨을 들이마셨다. 하지만 몇 번이고 들이마셔도 공기가 몸 안으로 들어오지 않고 어디론가 사라져 버렸다. 교육 실습 때마다, 수업 때마다 팔짱을 끼고 앉아 있던 황태현의 얼굴이 눈앞에 어른거렸다. 귀에는 길 한복판에서 들릴 리 없는 전화벨 소리가 끊임없이 울렸다. 다리에 힘이 풀려 그 자리에 주저앉았다.

"저기 저 사람 쓰러진 거 아냐?"

누군가의 목소리가 전화벨 소리에 섞여 들렸다.

영우가 깨어난 곳은 병원 응급실이었다. 과호흡이라고 했다. 의사는 이것저것 검사를 한 뒤 몸에는 이상이 없고 심인성 질환일 가능성이 크다고 말했다. 한마디로 심리적인 문제란 거였다.

"평상시보다 빠르고 깊게 호흡이 이어지면 혈액 내의 이산화탄소 농도가 낮아져요. 그러니까 일단 입과 코를 손바닥으로 막고 천천히 숫자를 세면서 들숨과 날숨을 반복하는 연습을 하세요. 이렇게."

"공기가 부족하단 느낌이었는데, 평소보다 호흡을 많이 한 게 문제라고요?"

"몸이 공기가 들어오고 있단 걸 인지하지 못하는 겁니다. 사람은 의외로 자기 몸이 진짜 원하는 게 무엇인지 잘 알지 못하거든요."

병원을 나와 학교에 전화를 했다. 사정은 이해하지만, 면접에 오지 않은 사람을 면접에 온 사람과 동일하게 심사할 순 없다는 답변이 돌아왔다. 탈락이란 뜻이었다.

영우는 그대로 집으로 돌아와 식탁 의자에 쪼그려 앉았다.

'학교에 들어가지 못하는데 어떻게 교사가 되지? 정식으로 발령이 났는데 똑같은 일이 벌어지면 어떡하지? 언제까지 이럴까? 이미 반년이나 지난 일인데, 왜 이제 와서 이런 증상이 나타나는 건데?'

대답해 줄 사람 없이 쌓여만 가는 물음표에 깔려 질식사할 것 같았다. 또다시 공기가 부족해지는 듯해서 비척비척 의자 아래로 내려가 바닥에 드러누웠다. 천장을 바라보며 숨을 내뱉고 들이마시기를 천천히 반복했다. 겨우 호흡이 진정되었다.

영우는 다시 의자로 기어 올라갈 기력이 생기지 않아 바닥에 누운 채 휴대폰을 켰다. 해결하지 못한 문제에서 눈을 돌리려면 무엇이든 해야 했다. SNS와 웹툰과 동영상 사이트를 정처 없이 헤맸지만, 어느 것에도 집중할 수 없었다. 영우는 몇 번이고 엄마와의 채팅 창을 열었다 닫기를 반복하다 휴대폰을 입에 대고 작게 속삭였다.

"어떻게 해야 좋을지 모르겠어……. 도와줘, 엄마."

속삭임은 메시지가 되어 입력 창에 새겨졌다. 영우는 쏟아 놓은 마음을 잠시간 바라보다가 삭제 버튼에 손을 가져갔다. 이제까지 계속 참고 버텨 왔는데, 소원을 이루기도 전에 어리광을 부릴 순 없었다.

버튼을 누르려는데 메일이 도착했다는 알림이 화면에 떴다. 기간제 교사에 지원한 후로 하루에도 몇 번씩 메일을 확인했던지라, 버릇처럼 바로 알림을 눌러 메일을 불러왔다.

선생님께.

메일의 첫 구절을 읽은 영우는 엉거주춤 몸을 일으켜 벽에 기대어 앉았다.


선생님께.

안녕하세요, 저는 이민호입니다. 작년에 선생님이 교생으로 오셨던 반의 학생입니다. 선생님은 기억하실지 모르겠지만, 수업 시간에 선생님이 제 편을 들어 주신 적이 있습니다.

선생님, 저는 사실 그때 몇 번이고 죽으려고 했어요. 황태현이 괴롭힌다고 아무리 말해도 누구도 도와주지 않았거든요. 신체적인 폭력 행위가 없었으니까 증거가 없다는 말만 들었습니다. 괴롭힘을 당하는 것보다 아무도 제 편을 들어 주지 않는다는 게 더 괴로워서 죽고 싶었습니다. 그래서 선생님이 제 편이 되어 주셨던 게 정말 기뻤습니다.

선생님, 저 고등학교 가지 않으려고 했거든요. 공부하는 게 싫어서가 아니고, 학교라는 장소가 괴로웠습니다. 선생님들도 다 저를 싫어하는 것 같았고요. 하지만 생각을 바꿨습니다. 고등학교에 가서 선생님처럼 좋은 선생님을 또 만날 수도 있잖아요.

선생님, 혹시 제 고등학교 입학식에 와 주실 수 있나요? 와 주신다면 정말 행복할 겁니다.

저는 황태현이 선생님을 무시하라고 할 때 선생님의 편이 되어 드리지 못했습니다. 그 일이 계속 마음에 걸려서, 사과도 꼭 드리고 싶습니다.

참, 메일 주소는 선생님이 선물로 나누어 주셨던 꾸러미 안에 들어 있던 명함 보고 알았어요. 선생님이 지금도 이 메일 주소를 사용하고 있으시면 좋겠습니다.

메일 끝에는 학교 이름과 주소가 적혀 있었다.

"뭐야, 이게……."

탄식이 흘러나왔다. 벽에 기대어 있던 영우의 몸이 바닥으로 미끄러져 내렸다.

"뭐냐고, 대체!"

영우는 손에 들고 있던 휴대폰을 던졌다. 휴대폰은 둔탁한 소리를 내며 벽에 부딪혔다가 바닥에 떨어졌다.

띠링.

식탁 위 엄마의 휴대폰에서 알림이 울렸다. 영우는 손바닥으로 바닥을 짚고 몸을 일으켰다. 아까 지우려 했던 메시지가 전송되어 버린 것일지도 모른다. 만약 그렇다면, 엄마의 채팅 창에서 그 메시지를 삭제해야만 한다.

'이제 와서 뭘 일방적으로 고맙다느니 사과하고 싶다느니 하는 건데? 나는 좋은 선생님이 아니야. 그런 게 되고 싶었던 적도 없어. 나는…….'

영우는 엄마의 휴대폰을 한 손에 들고 우두커니 섰다. 숨을 너무 많이 들이마시고 있으니 내쉬어야 한다는 걸 몰랐던 것처럼, 사 년 내내 선생님이 되어야 한다는 생각을 하며 노력했지만 정작 자신이 정말 선생님이 되고 싶은지 아닌지는 고민해 본 적이 없었다. 엄마의 소원을 이루어 주겠다는 맹세를 지켜야 한다는 생각만으로 달려왔을 뿐이다.

'그런 나 때문에 인생이 바뀌었다고?'

이민호의 메일에 쓰인 단어 하나하나가 영우의 마음에 무겁게 내려앉았다.

'……선물을 가져간 게, 이민호였구나.'

영우는 목 아래로 한숨을 삼키고 엄마의 휴대폰을 열었다. 엄마의 채팅 목록에는 수많은 빨간 표시가 붙어 있었다. 도달할 곳을 잃어버린 메시지들이 다시 한번 영우에게 엄마의 부재를 확인시켜 주었다.

엄마와 자신의 채팅 창에는 예상한 대로 입력 창에 적혔던 글이 전송되어 있었다. 예상하지 못한 건, 그 메시지 아래 떠 있는 동영상이었다.

영우는 순간 가슴이 두근거렸다. 진짜 기적이 일어나서 저쪽 세상의 엄마가 답장을 준 건 아닐까?

하지만 동영상 옆에 떠 있는 '전송 실패'라는 단어를 본 순간, 두근거림은 금세 사라졌다. 기적이 아닌 단순한 오류였다.

사 년 전, 영우의 대학교 입학식 날. 엄마는 사진과 동영상을 함께 전송했다. 하지만 동영상은 전송되지 않았다. 메신저에서 흔히 일어나는 일이다.

영우는 자신이 보낸 파일이 모두 전송되었는지 확인할 새도 없이 트럭에 올랐을 엄마의 모습을 쉽게 떠올릴 수 있었다. 그 뒤로 영우가 한 번도 엄마의 휴대폰을 열어 보지 않은 탓에, 동영상은 무려 사 년이나 전송되지 못한 채 허공을 헤매게 된 것이다.

영우는 동영상을 꾹 눌러 재생했다. 작은 창 안에서 엄마가 움직였다. 꽃을 든 엄마가, 꽃처럼 웃었다.

"내가 그걸 어떻게 알아……. 엄만 역시 바보야."

눈시울이 뜨거워졌다. 휴대폰 속 영상을 반복하고, 또 반복해 보는 동안 영우를 짓누르던 무게가 가벼운 꽃잎으로 변해 흩날려 사라졌다.


*


영우는 거울을 보며 옷차림을 한 번 더 살폈다. 갈색 트위드 재킷은 대학교 입학 기념으로 엄마가 사 준 것이다. 재킷부터 바지, 가방까지 사 년 전 대학교 입학식 날과 똑같은 차림새다.

3월 2일. 오늘은 이민호의 고등학교 입학식 날이다.

갈 것인가, 말 것인가. 영우는 지난 일주일간 계속 고민했다. 아무리 고민해도 물음표는 쉽게 사라지지 않았다. 여전히 자신이 무엇을 원하는지 알 수 없었다.

그러나 이민호에게 답해 주고 싶었다. 딱 하나, 꾸러미 하나가 줄어든 것을 알았을 때 기뻤다고. 그것만으로 너는 내게 더 이상

미안해하지 않아도 된다고. 그 대답은 얼굴을 마주 보고 전해야만 할 것 같았다.

무엇보다 이민호가 입학식 날 즐거웠으면 한다. 3월이 돌아올 때마다 슬프지 않았으면 한다. 후회를 동반하는 봄이 얼마나 괴로운지 알기에, 이민호가 그 경험을 하지 않기를 바란다.

'그리고 이건, 나를 위한 테스트이기도 해.'

영우는 현관으로 향하면서 식탁 위에 놓아둔 엄마의 휴대폰 속 영상을 재생했다. 신발을 신는 영우의 등 뒤에서 영상 속 엄마가 외쳤다.

"딸! 엄마 진짜 소원은 딱 하나야. 네가 마음 가는 대로 사는 거. 알지?"

이번에는 교문을 넘을 수 있을까. 그렇다면 영우도 입학식을, 3월을, 봄날을, 엄마를 슬픔이 아닌 다른 색으로 칠할 수도 있을 것이다.

"다녀오겠습니다."

영우는 현관문을 열며 숨을 크게 들이마셨다. 봄바람이 영우의 몸 안으로 밀려들어 왔다. 벚꽃 향기를 품은 바람이었다.

여러분에게 '시작'은 어떤 단어일까요. 저에게 시작은 곧 긴장이었습니다. 새로운 만남을 앞두고 가슴이 두근거리는 사람이 있다면, 긴장하는 사람도 있습니다. 저는 명백히 후자였지요. 단체 생활에 잘 적응하는 아이가 아니라서 더욱 그랬습니다.

얼마 전 친구와 이야기하다가, 초등학교 5학년 때 담임 선생님이 스물일곱 살이었단 걸 깨달았습니다. 열두 살 아이의 눈에는 더없이 어른이었던 선생님이, 사회생활을 시작한 지 얼마 되지 않은 사회 초년생이었다는 걸 같은 어른이 되고 나서야 알았습니다. 열두 살이 그 사실을 인지하지 못하는 건 당연한 일입니다. 그러나 열두 살 아이의 보호자들이, 저와 마찬가지로 어른인 그 사람들이 이를 인지하지 못할 수 있을까요.

저는 시작하는 사람들, 그러니까 신입생이나 신입 사원 들의 어수룩함을 비웃는 농담이 즐겁지 않습니다. 이른바 '요즘 것들'을 들먹이며 그들의 실수를, 경험 부족에서 오는 무모함을 희화화하는 것이 거북합니다. 모두가 서툴 수 있음을, 때문에 서로 보완해 주는 것이 사회임을 잊어버리게 만드는 게 두렵습니다.

저도 언젠가 무언가를 새롭게 시작하겠지요. 그건 공부일 수도 있고, 어쩌면 직업일 수도 있습니다. 어른이 되면 변하지 않는 영속성으로 삶이 이어질 거라 여겼지만 의외로 그렇지 않더라고요. 사람은 어떤 부분에서는 평생, 죽기 직전까지 스타트 라인에 서 있는 존재일 수도 있는 것입니다.

그리고 언제나 그 시작점에서 누군가의 비웃음이 아닌, 따뜻한 미소를 바라게 됩니다.

뉴스를 볼 때마다, 인터넷에 올라오는 글들을 볼 때마다, 주변 이야기를 들을 때마다 생각합니다. 고작 몇 마디, 몇 줄로 요약된 이야기들은 얼마만큼의 진실을 담고 있을까요. 개선되어야 할 것은 구조라는 걸 모두가 아는데, 정작 상처받은 사람들끼리의 싸움만 깊어지는 경우를 볼 때마다 생각합니다. 어쩌면 이 많은 슬픔은 우리가 서로를 깊게 들여다보지 못해 생겨나는 것은 아닌가, 하고.

무언가를 시작한다는 건 곧 새로운 사람들과 만나게 된다는 뜻입니다. 그중 한 사람과만이라도 깊은 봄 같은 인연을 맺을 수 있다면 좋겠습니다. 무엇보다 이 책을 읽으신 분들에게, 이 글이 봄

같은 만남이 되었기를 바랍니다.

　이 책이 나오기까지 힘써 주신 모든 분, 함께 해 주신 작가님들께 감사의 뜻을 전합니다.

이선주

여러분은 분명 실패할 겁니다

이
선
주

『창밖의 아이들』로 문학동네 청소년문학상을 수상하며 작품활동을 시작했다. 지은 책으로는 청소
년 소설 『맹탐정 고민 상담소』 1, 2, 3, 『열여섯의 타이밍』 『단지 커피일 뿐이야』 등이 있다.

내려야 할 정류장을 지나쳤다. 바람나비역. 지난 두 달간 일요일만 빼고 매일 같은 정류장에서 내렸다. 오늘도 그럴 예정이었다. 그런데 재수 학원에 가려고 버스를 타던 중, 슬아에게서 전화가 왔다.

　"학교로 와 줄 수 있어?"

　슬아는 고등학교에서 사귄 친구다. 우리는 같은 학교, 같은 과를 목표로 공부했다. 결과는 슬아는 합격, 나는 불합격. 보통은 서먹서먹해질 텐데, 우린 달랐다. 우정이 깊어서가 아니라 서로를 빼면 친구가 없었다. 어쩔 수 없는 선택이랄까.

　내가 전화로 재수 생활에 대해 털어놓으면 슬아는 왜 살이 안빠지는 건지 모르겠다며 하소연했고, 내가 인생 망한 것 같다고 하면 슬아는 자기 인생이 더 망했다고 했다. 명문대 경영학과에 합격한 애가 할 말은 아니었다. 떨어진 나도 아니고.

"넌 합격했잖아."

그렇게 말하면 슬아는 한숨을 내쉬었다. 내 눈치도 안 보고.

"잘한 결정인지 모르겠어."

슬아의 이런 무신경하고 불안해 보이는 모습이 우리 사이를 멀어지지 않게 한 것일지도 모른다. 슬아가 행복해하지 않아서 덜 외로웠다고 하면 나는 나쁜 친구일까.

대학교 정문에 가까워지자 패딩을 껴입고 머플러까지 한 채로 서 있는 슬아가 보였다. 신입생의 차림새는 아니었다. 나를 살폈다. 슬아와 비슷한 모습이었다.

3월 2일. 봄이라고는 하나 겨울의 끝자락과 더 닮았다. 몸도 마음도 추워서 무엇으로라도 덮고 싶었다.

"야, 저기 봐 봐. 저 사람 스타킹도 안 신었어."

인사 같은 건 없었다. 슬아가 팔짱을 끼고 몸을 숙인 채 말했다. 저런 자세를 하고 있으면서 언제 또 본 건지.

"신입생의 패기지. 스무 살은 원래 추위 안 타잖아."

"그럼 우린 뭐야?"

"설마 너, 우리가 스무 살이라고 생각하는 거야?"

슬아는 그때야 고개를 들었다.

"절대. 전혀."

"깜짝 놀랐네. 대학 갔다고 스무 살이라고 착각하는 줄 알았지."

슬아가 입을 다문 채 웃었다.

스무 살이라는 말은 낯간지럽다. 광고나 뉴스에서 스무 살에 대해 이야기할 때면 꼭 쌍둥이처럼 함께 나오는 말이 있다. 청춘. 나는 청춘이란 단어만 들으면 화가 난다. 그것이 누구에게나 찾아오는 것 같지 않아서. 나만 (어쩌면 슬아도) 비껴간 것 같아서. 청춘이 이렇게 우중충할 순 없는 거니까.

"왜 오라고 한 거야?"

"수업 같이 들어가자."

"미쳤어?"

슬아가 고개를 끄덕였다.

"……떨려. 혼자서는 못 가겠어."

"미친년."

"그래서, 같이 안 가 줄 거야?"

슬아가 머리카락을 손가락에 돌돌 말았다. 한 달 안에 신입생 중 또라이가 있다고 이 학교에 소문이 난다면 분명 슬아일 거라는 데 내 스무 살을 걸겠다. 어차피 재수 학원에서 썩어 빠질 스무 살, 아무 데나 걸어도 상관없다.

"OT도 빠지고 과 단톡방에도 나만 안 들어갔어. 대학에 올 게 아니라 산에 들어갔어야 했어."

슬아와는 고등학교 1학년과 3학년 때 같은 반이었다. 2학년 때는 다른 반이었지만 급식은 항상 같이 먹었다. 이유는 하나다. 서로가 편해서. 서로 '만' 편해서.

슬아는 기본적으로 남에게 관심이 없고 사람을 싫어한다. 나도 마찬가지다. 낯선 공간, 낯선 사람들 틈에 가는 게 두렵다. 숨고 싶다. 하지만 그렇다고 사람들을 마냥 무시할 수도 없다.

"엄마가 나 진짜로 산에 처넣으려고 한 거 알아? 주변에 편의점도 없는 진짜 시골. 거기에 있는 기숙 학원 보낸다는 걸 그럼 죽어 버리겠다고 해서 안 감."

"아줌마……, 아니다."

"말해, 그냥."

"아줌마의 젊은 시절을 상상해 봤어."

"미친년이었을 것 같아."

"야, 아무리 그래도 그렇지. 나는 입 밖으로는 안 꺼냈어."

내가 떨어진 대학의, 내가 떨어진 학과의 강의를 들으러 가게 될 줄은 상상도 못 했다. 슬아가 미친년이어서 가능한 일일까, 아니면 내가 미친년이어서 가능한 일일까. 둘 다 미쳐서 가능한 것일지도.

"너는 어쩌다 미친 거야?"

슬아에게 물었다.

"어릴 때 한약을 잘못 먹었어."

"한약 먹기 전엔 멀쩡했어?"

"잘못 말했어. 그냥 태어날 때부터 미쳐 있었대."

이런 이야기를 하다 보니 어느새 내 손엔 따뜻한 아메리카노 한 잔이 들려 있었고, 내 몸은 강의실에 앉아 있었다.

OT를 다녀와서인지 벌써 무리가 생겼다. 그 틈에 있는 우리도 제법 무리 같았다. 위화감이 없었다. 아무도 주목하지 않았고 아무도 다가오지 않았다. 슬아와 내가 뿜어내는 어둠의 기운이 전파된 게 틀림없다. 슬아의 예상이 맞았다.

강의는 재수 학원의 국어 시간만큼 지루했다. 여러분은 장차 이 나라를 이끌어 갈 인재이고 어쩌고, 지금부터 시작이고, 청춘은 찬란하고, 세상은 아름답지만 혹독하고, 세상에 나가면 여러분을 속이려는 사람들 사이에서 인간성을 지키기 위해 모든 걸 포기해야 하는 순간이 올 수도 있으며…… 같은 말이 이어졌다. 솔직히 한심했다. 자기 계발서나 성공한 사람들의 자서전에 나올 만한 이야기들은 나에게서 한숨만 이끌어 낼 뿐이다. 무엇보다 청춘이란 말이 듣기 싫어 귀를 막았다.

청춘이라니. 신기루 같은 건가.

나는 바닷가에서 맨발로 뛰어놀고 친구들과 밤새 수다를 떨고 연극 대본을 쓰느라 한숨도 못 자는 청춘의 모습을 상상할 수 없다. 졸음을 참으면서까지 하고 싶은 일이 있다는 게 너무 부러워서, 차라리 거짓말이라고 해 주면 좋겠다고 생각할 정도다.

아침에 일 분이라도 더 자기 위해 엄마에게 짜증 내고 사육장에 끌려가는 돼지가 된 기분으로 학원에 간다. 내가 선택한 재수인데도 '선택했다'기보다 '선택당했다'는 느낌이 든다. 누구 잘못일까? 내 잘못이겠지. 그렇다면 나는 왜 이런 잘못을 저지른 걸까. 성적에 맞춰 지원했으면 재수 같은 건 안 해도 됐는데.

두 번째 강의는 경영학 기초였다. 언론에도 자주 소개되는 유명 교수라더니 강의실이 꽉 찼다. 얼마 후, 염색하지 않은 흰머리를 그대로 드러낸 노교수가 들어왔다. 강의실이 조용해졌다. 동시에 슬아가 고개를 떨구더니 "나 수업 못 들을 것 같아"라고 했다.
"나갈까?"
슬아는 고개를 저었다.
"같이 나가면 눈에 띌 것 같아. 먼저 나가 있을게."
슬아가 일어서자 주변 시선이 모였다. 종종 겪는 일이라, 슬아는 당황하지 않고 고개를 숙인 채 강의실을 나갔다. 따라 나가려고 주춤거리던 나는 교수와 눈이 마주쳐서 그대로 눌러앉았다.
"안녕하세요, 여러분."
모든 이목이 다시 교수에게 집중됐다.
"이 대학에 들어온 걸 축하합니다. 여러분은 지금 승리의 기쁨에 취해 있을 겁니다."
그가 앞머리를 쓸어 올렸다. 아직 바람이 쌀쌀한데도 목이 훤히 드러나는 옷을 입고 있었다. 추위보다 패션이 중요해서가 아니라, 자신에게 무신경한 사람 같았다.

"그런데 여러분, 이 말은 꼭 해야겠습니다. 여러분은 분명 실패할 겁니다."

그의 눈가에 주름이 자글자글했다.

농담인가? 실패할 거란 소리를 들으러 여기까지 온 게 아닌데.

게다가 출석은 부르지도 않았다. 그는 첫날이니 수업은 하지 않겠다고 했다.

"이곳에 왜 왔습니까?"

교수가 물었다. 곳곳에서 웃음이 터졌다.

"문과 중에 이 과가 취업이 제일 잘된다고 해서요."

앞줄에 앉은 애가 말했다. 대학의 원래 목적인 학문 탐구를 입에 올리는 사람은 없었다.

그도 그렇게, 이과에 비해 문과는 취업이 쉽지 않다. 개개인의 능력에 따라 다르겠지만, 평균적으로 보자면 이과와 연봉 차이도 크다. 그나마 명문대 간판이 도움이 된다.

솔직히 나는 그가 위선자처럼 느껴졌다. 명문대의 강사도 아닌 전임 교수라면 누가 봐도 성공한 인생이다. 자기는 성공해 놓고 이제 막 스무 살이 된, 이제 막 인생을 어떻게 살아야 할지 고민하는 학생들에게 저런 말을 하는 게 웃겼다.

"취업 잘하려고, 성공하려고. 맞아요?"

그가 다시 물었다. 학문 연구를 위해 왔다고 할까. 그래서 노벨

상을 받는 게 목표라고 하면 좋아알까. 역시 큰 꿈을 가져야 한다고 하려나. 나, 왜 이렇게 화가 날까?

스스로를 이해할 수 없어 도서관에서 심리학 책을 닥치는 대로 꺼내 읽던 때가 있었다. 책 제목은 생각이 나지 않지만, 내 안에 없는 건 나를 화나게 하지 못한다는 구절에서 한참을 머물렀던 기억이 난다.

"그게 나쁜 거예요?"

나보다 용기 있는 누군가가 물었다. 사실 나는 이곳에서 강의를 들을 자격이 없다. 슬아의 급작스러운 부탁이 아니었다면 학원 지하에 있는 자습실에서 건조한 눈을 깜빡이며 국어 지문을 읽고 있었을 것이다.

그가 승리자의 미소를 띤 채 고개를 저었다.

인터넷에 검색해 보니 교수는 그야말로 승승장구한 사람이었다. 외국 명문대 수석 입학은 물론 경영학으로 받을 수 있는 상은 모조리 받았다. 쭉 외국 명문대의 전임 교수로 있다가 인생 마지막에는 고국에 헌신하고자 돌아왔다고 했다. 완벽한 해피 엔딩이 기다리고 있는 인생. 저 사람은 아마 죽을 때까지 실패하지 않을 것이다.

"반드시 실패할 거라는 걸, 꼭 기억하세요."

이유를 말해 줄 거라고 생각했는데, 실패할 거라는 이야기만 또 했다.

54

내 기준에서 보자면 이 자리에 앉아 있는 사람들은 모두 승리자다. 나만, 유일한 실패자다.

그는 자신이 한 학기 동안 할 모든 말 중 가장 중요한 이야기를 했다며 오늘 수업은 마치겠다고 했다. 시작된 지 오 분 만에 수업이 끝났다.

교수가 나가자 역시 대단하다는 둥, 외국 대학에서도 기행으로 유명했다는 둥 말들이 오갔다. "유명해져라. 그럼 네가 똥을 싸도 사람들이 박수를 쳐 줄 것이다"라는 말이 있다. 그가 이룬 성취 때문에 그의 말은 개소리가 아닌 거대한 농담 취급을 받고 있다. 마치 인생에 대한 비유인 양, 뭐라도 있는 양.

나는 천천히 일어서서 빠른 걸음으로 강의실을 나갔다. 교수의 뒷모습이 보였다.

"교수님!"

그가 뒤를 돌아봤다. 나는 거친 숨을 내쉬었다. 그는 의외란 표정으로 나를 바라봤는데, 어쩐지 누군가가 강의실에서 뛰쳐나와 자신을 잡으면 이런 표정을 지어야겠다, 하고 다짐하지 않았을까 하는 생각이 들었다. 그만큼 부자연스러웠다.

"이유를 물어봐도 될까요? 왜 실패할 거라는 거예요?"

정중하게 물어보고 싶었는데 말이 두서없이 흘러나왔다. 무릎이 떨려서 엉거주춤한 자세로 무릎에 손을 올렸다.

"성공했다고 생각해요? 원하던 대학에 입학했으니까 앞으로도 승승장구할 거라고 생각하는 겁니까?"

슬아가 오늘 아침에 급하게 와 달라고 연락한 것을 시작으로 지금까지 일어난 일들이 마치 몰래카메라 같았다. 그런데 아무리 생각해도 나 같은 사람에게 몰래카메라를 할 이유는 없다. 인터넷에 올려 봤자 조회 수 10도 안 나올 것이다. 나는 무릎에 힘을 주어 몸을 일으킨 다음 고개를 저었다.

"아니요."

"거봐요, 실패할 거잖아요."

"대학에 떨어졌으면요?"

"벌써 실패한 거죠."

그렇구나. 나는 벌써 실패했구나. 그의 말은 맞았다.

"교수님은 실패해 보신 적 있으세요?"

작은 실패는 몇 번 해 봤을 수도 있다. 논문 심사 탈락 같은 실패. 그러나 결국은 큰 성공을 위한 애피타이저가 되는 실패. 시상식에서 겸손한 모습을 보이기 위해 말할 수 있는 정도의 실패. 큰 박수갈채를 유도하는 실패.

"없어요."

그가 말했다.

이건, 예상치 못한 대답이었다.

너희는 실패할 것이다. 그러나 나는 실패하지 않을 것이다. 저 교수는 정말 그 이야기를 하려 한 걸까? 그렇다면, 말도 안 된다.

다음 강의에서는 "실패는 성공의 어머니"라는 에디슨의 말을 인용할지도 모르겠다고 생각했다. 그러자 헛웃음이 흘러나왔다.

"있을 것 같은가요?"

그의 물음에 나는 아무 말도 하지 못했다.

"그럼 도대체 그 이야기는 왜 하신 거예요?"

"찬물 끼얹으려고. 명문대 들어와서 신날 텐데 기분 좀 나빠지라고요."

"성공하셨네요."

"봐요, 저는 실패 안 한다니까요."

확실히 이상했다. 너무 이상해서 자꾸 붙잡고 싶었다.

"그럼 전 어떡해요?"

"그걸 왜 나한테 물어요?"라는 대답이 돌아올 줄 알았다.

"받아들이세요."

"네?"

이 대답에 반문하지 않을 사람이 있을까.

"그냥 받아들이라고요. 지금 한번 따라 해 보세요."

"뭐를요?"

"나는 실패할 것이다. 뭐 해요, 해 봐요. 나는 실패할 것이다."

"나는 실패했다."

내가 이걸 왜 따라 하고 있을까.

"실패했다가 아니라 실패할 것이다."

"실패했다가 아니라 실패할 것이다."

"'실패했다가 아니라'는 따라 하지 말고."

"교수님, 사실 저는 이미 실패했어요."

"그럼 잘됐네. 경험자잖아."

그가 내 등을 툭툭 치곤 제 갈 길을 갔다.

경험자……라니. 그것도 실패 경험자……. 그래, 나는 이미 실패했구나.

교수의 뒷모습이 완전히 사라졌다. 마치 안개 같았다. 그가 정말 내 앞에 있었는지조차 확신할 수 없게 된 나는 멍하게 두 눈만 끔뻑거렸다.

강의실로 다시 돌아갔다. 신입생들은 수업이 끝난 강의실에 잠시도 머물 여유가 없는 건지, 그곳엔 단 한 명의 학생만 남아 있었다. 그래, 서로를 알아가는 기쁨을 누리기에도 시간이 부족하겠지.

"죄송한데, 뭐 좀 여쭤볼 게 있어서요."

단발머리 여자에게 말을 걸었다.

"혹시 좀 전에 강의 들으셨나요?"

여자가 목을 움츠러뜨렸다.

"아, 아니, 정말 죄송합니다. 방금 강의가 진짜 열렸던 게 맞는 거죠?"

이제 여자는 나를 경계하고 있었다.

"다른 뜻이 있는 게 아니라, 방금 강의가 진짜 열렸던 게 맞나 확인하고 싶어서요. 강병철 교수가 들어와서 비밀을 말해 준다고, 여러분은 모두 실패할 거라고 한 게 맞죠?"

여자가 갑자기 노트를 가방에 집어넣고 자리에서 일어섰다.

"죄송합니다."

그러고는 고개를 꾸벅하더니 내 옆을 지나갔다. 난 진짜 수업이 열렸는지 아닌지를 확인하고 싶을 뿐이었다. 여러분의 앞날에 무궁한 영광이 있기를 바란다거나, 앞으로 시련이 있겠지만 끝끝내 승리할 거라는 이야기가 아니라 여러분은 반드시 실패할 거라는 소리를 정말 들은 게 맞는지 확인하고 싶었다.

"뭐가 죄송해요? 왜 이러시는 거예요?"

"사실은, 정말, 너무 듣고 싶어서, 청강한 거예요. 그래도 된대서. 그런데 이 학교 학생만 청강할 수 있는 건 줄은 몰랐어요."

이 사람, 무슨 말을 하는 거야.

"죄송합니다."

"꿈인지 현실인지 구분이 가지 않아서 볼을 꼬집어 봤다"라는 말을 소설에서 수없이 봤다. 내 볼을 꼬집었다. 아팠다.

"진짜예요?"

여자가 고개를 끄덕였다.

"죄송합니다."

"그런 뜻이 아니라, 정말, 정말 죄송한데요, 제 볼 한 번만 꼬집어 주실래요?"

여자의 얼굴에서 주눅 든 표정이 사라지고 나를 향한 약간의 경멸이 떠올랐다.

"제 볼 한 번만 꼬집어 주세요."

"왜 이러세요? 잘못했다고 했잖아요."

여자는 서둘러 내 곁을 떠나 강의실을 나갔다. 동시에 슬아가 들어왔다. 슬아가 여자의 뒷모습을 보더니 입 모양으로 "무슨 일이야?"라고 물었다. 나는 여자를 따라 나갔다. 다행히 여자는 걸음이 빠르지 않았다. 복도를 지나 건물을 빠져나가는 그의 어깨를 잡았다. 여자가 짧은 탄식을 내뱉었다.

"저도 이 학교 학생 아니에요. 떨어졌어요."

내 손을 뿌리치고 가려던 여자가 동작을 멈췄다. 동시에 슬아가 내 어깨를 잡았다.


닭강정, 어묵볶음, 콩나물국, 흰쌀밥, 계란말이, 김치, 코다리찜. 어째서 고등학교에서 먹었던 급식과 똑같은 걸까. 좀 더 색다른 메뉴가 나오길 기대했다. 이것이 명문대의 맛이다, 하고 으스대는 메뉴들 말이다.

"어디 학원 다녀?"

여자의 이름은 보람이었다. 보람은 재수 생활을 열심히 하겠다는 의지를 다지기 위해 강의를 청강했다고 한다.

"그런데 실패할 거라니. 그것도 반드시 실패할 거라니. 저주를

60

퍼붓나 했어."

동갑이라서 그런지 아니면 처지가 같아서인지, 우리 둘은 금방 말을 놓았다.

"내가 쫓아가서 물었더니……."

"물었더니?"

"나는 실패할 것이다, 이걸 따라 해 보래."

푸우웃. 슬아의 입에서 밥풀이 튀어나왔다.

"그래서 따라 했어?"

자존심이 상했지만 고개를 끄덕일 수밖에 없었다. 실제로 따라 했으니까.

나. 는. 실. 패. 할. 것. 이. 다. 라고.

그랬더니 뭐랬더라? 실패 경험자라고 했나.

"이거 봐 봐."

보람이 휴대폰을 내밀었다.


삶은 고난……
그러나 다시 돌아가도 이 삶을 선택하겠다


강병철 교수의 인터뷰가 실린 신문 기사였다.


승승장구하다 아내와 아들을 연달아 잃고

삶의 의미도 잃어……

세속적인 성공이 삶을 행복으로 이끌지는 못해


인터뷰 요약 기사가 상단에 있었다. 학자로서는 유의미한 성과를 남겼지만 개인적인 삶은 불행했던 것 같다. 자식을 잃은 슬픔은 인간의 언어로는 표현할 수 없을 정도라고 하니, 감히 짐작할 수도 없다. 그런데 엄밀히 말해 그건 실패는 아니지 않나.

Q. 다시 돌아가도 이 삶을 선택하겠다는 건 어떤 의미인가요?

A. 다시 돌아갈 수 없다는 걸 알죠. 그런데 만약 다시 돌아갈 수만 있다면, 제가 가진 모든 학문적 성과를 버리는 것도 감수할 수 있어요. 그래야만 만날 수 있잖아요. 아이가 어릴 때 많이 못 놀아 줬어요. 연구해야 하니까. 그래야 성과를 낼 수 있으니까. 그러다 가장 중요한 걸 놓친 것 같아요.


슬아의 표정이 심상치 않았다. 곧 슬아가 식판을 내 쪽으로 밀더니 급하게 일어섰다. 역시나. 보람이 어리둥절한 표정을 지었다. 나는 슬아가 놓고 간 식판의 잔반을 내 잔반과 합쳤다. 보람도 눈치껏 움직였다.

"나가자."

밖으로 나오니 슬아가 학생 식당 뒤편에 쭈그리고 앉아 있었다. 슬아 옆으로 가서 등을 쓸어 주었다. 종종 본 모습이다. 학교로 와 달라는 부탁을 들어준 것도, 같이 강의를 들은 것도 슬아의 이런 모습을 알아서다.

"못 다닐 것 같아, 학교."

한참 동안 무릎에 얼굴을 묻고 있던 슬아가 고개를 들었다.

"이 상태로 어떻게 다녀."

대학에 떨어진 애 둘과, 대학에 붙었지만 시시때때로 찾아오는 불안 증세 때문에 학교를 다니지 못할 것 같은 애 하나가 식당 뒤에 쭈그리고 앉아 있었다.

"무서워."

말없이 슬아의 등을 쓸어내렸다. 알고 있다고, 더는 말하지 않아도 된다고.


보람과 연락처를 주고받았다. 보람이 우리를 두고 대학 동기보다 더 신기한 인연이라고 했는데, 맞는 말이라고 생각했다. 슬아는 오후 강의에 들어가지 않겠다고 했다.

나는 학원으로 돌아가는 버스를 탔지만, 학원에서 내리지 않았다. 가고 싶지 않았다.

아까 읽은 인터뷰가 떠올랐다. 인간은 죽음을 조율할 수 없다. 아무리 뛰어난 학자라도 자식과 아내의 죽음을 막을 수 없다. 그런데 그걸 왜 인생의 실패라고 했을까. 기만인가, 아니면 죄책감의 다른 표현일까.

다음 날도 슬아에게 연락이 왔다. 학교에 갈 생각을 하니까 식은땀이 난다고 했다. 나도 학원에 가고 싶지 않았다. 보람에게서도 연락이 왔다. 시간이 지날수록 더 화가 나서 공부에 집중이 안 된다고 했다.

—실패할 거라는 게 대체 무슨 뜻일까? 성공할 사람은 정해져 있다는 소리야?

우리 셋은 슬아네 학교 정문에서 다시 만났다.

"그래서 따지러 온 거야?"

슬아가 물었다. 보람이 먼저 교수에게 찾아가자고 했다.

"따지는 게 아니라 물어보자는 거지."

"내가 물어봤다니까. 그랬더니 실패할 겁니다, 그걸 따라 하라고 했어."

"이번엔 내가 물어볼게. 무슨 뜻이냐고."

"내가 꼭 가야 돼?"

슬아의 물음에 나와 보람이 고개를 끄덕였다.

"무조건!"

교수를 만나면 자기소개를 해야 한다. 경영학과 1학년 ○○○입니다, 하고. 엄밀히 말하면 우리는 교수를 만날 자격이 없다. 그래서 슬아가 먼저 소개를 하면 은근슬쩍 이름만 말할 생각이었다.

'강병철 교수실'이라고 적힌 팻말이 보였다. 그가 강의를 하는 시간은 이미 확인했다. 똑똑. 노크를 하자마자 "누구세요?"라는 말이 들려왔다.

"신입생인데요, 여쭤볼 게 있어서요."

슬아가 더 설명하려는데 곧바로 "들어오세요"라는 말이 흘러나왔다. 노교수가 의자에서 일어서고 있었다. 대학은 아무리 문을 두드려도 열어 주지 않는데 교수실은 노크 한 번에 쉽게 들어올 수 있었다. 눈이 마주치자 그가 아는 척을 했다. 의자가 뱅글뱅글 돌아가고 있었다.

"어제? 앉아요."

그는 전기 포트에 물을 끓여 커피를 내렸다. 오랫동안 청소하지 않아서인지 창문 밖의 나무가 흐릿하게 보였다. 닦지 않은 창문은 시야를 흐릿하게 했다. 마치 안개처럼.

"따지러 왔어요?"

노교수가 미소를 머금은 채 나를 향해 말했지만, 보람이 먼저 답했다.

"여쭤보고 싶은 게 있어서요. 반드시 실패할 거라는 말이 무슨 뜻이에요? 이 학교에 들어온 것만으로도 이미 성공한 건데, 그런데도 실패할 거라는 게요."

"학생은 성공이 뭐라고 생각해요?"

왜 답은 안 해 주고 묻기만 하는 거야. 속으로 툴툴거리는데, 그가 "그런데 우리 학교 학생 맞아요?"라고 했다.

나와 보람의 눈이 마주쳤다.

"저는 이 학교 학생 맞아요."

슬아가 대답했다.

"하긴, 그건 중요한 게 아니지. 학생은 성공이 뭐라고 생각해요? 돈 많이 버는 거? 그래서 죽을 때 유산 많이 남기는 거?"

한때는 꿈이 있는 애들이 부러웠다. 만화가가 되고 싶다고 쉬는 시간마다 그림을 그리던 애가 있었다. 만화를 그리다 보면 시간이 어떻게 흘러가는지 모른다고 했다. 그런 일이 어떻게 가능할까?

김연아는 언니를 따라갔다가 피겨 스케이팅에 매료됐다고 한다. 누구는 바둑을 처음 본 순간 사랑에 빠졌다고 했고 또 누구는 네 살 때 피아노 건반에 손을 올린 순간 이것이 자신의 운명임을 직감했다고. 나는, 그런 운명 같은 건 한 번도 느껴 본 적이 없다. 천상 백성 1, 시민 10이 어울리는 사람인 건가.

"모르겠어요."

내가 말하기도 전에 보람이 먼저 답했다.

"교수실까지 올 정도면 어제 제 말에 화가 많이 났다는 건데, 왜인가요? 다른 학생들은 그냥 흘려듣고 말았잖아요."

우리가 교수실까지 찾아와서 따질 수밖에 없었던 이유는 강병철 교수의 무례함이 아니라 우리의 문제라는 걸까. 교수가 커피를 마셨다. 나와 보람은 왜 이렇게 화가 난 걸까. 그리고 슬아는 왜 아무렇지 않은 걸까.

"또 여기까지 찾아올 정도면 분명 저에 대해 찾아봤을 텐데, 제가 행복한 것 같은가요?"

행복? 성공과 행복이 무슨 관계라고. 성공이 행복의 기준이라면 대통령이나 재계 1순위 기업 회장이 가장 행복해야 한다. 그러나 그들이 행복한지는 모르겠다. 대단하다는 생각은 드는데, 정작 행복한지 아닌지는, 모르겠다.

슬아가 벌떡 일어섰다.

"교수님, 죄송합니다. 제가 정말 힘들어서요."

슬아는 고등학교 3학년 2학기가 시작되고부터 가슴 통증을 자주 호소했다. 하지만 병원에 가도 특별한 이상은 없다고 했단다.

어느 날 수학 시간이었다. 문제를 풀다 말고 슬아가 갑자기 자리에서 일어서더니 교실을 나갔다. 아이들이 웅성거렸다. 선생님도 당황해서 멈칫했다. 나는 슬아를 따라 나갔다. 깊이 생각하고 한 행동은 아니었다. 복도를 지나면서야 수업 중이었단 걸 깨달았다.

슬아는 급식실 뒤편 공터에 있었다. 왜 그래? 내가 묻자 슬아가 가쁜 숨을 몰아쉬면서 그렁그렁한 눈으로 나를 바라봤다. 몰라, 나도. 나는 슬아의 등을 쓸어내렸다. 괜찮아, 괜찮아.

"저희도 가 보겠습니다. 감사합니다."

슬아를 혼자 가게 할 수 없어 따라 일어서던 참이었다.

"뭐가요? 뭐가 감사해요?"

그가 되물었다.

"그냥 인사차 한 말인데……."

"실패한다는 말에 왜 그렇게 화가 났는지를 떠올려 보세요."

"그런데 교수님, 저희 이 학교 학생 아닌 거, 티 많이 나나요?"

보람이 물었다. 피식 웃음이 났다. 보람은 어제 내가 다가갔을 때도 지레 겁을 먹었었다. 이게 심리학 책에서 본 자격지심일까. 내게도 있는 마음이라 단번에 알아볼 수 있었다.

그가 웃었다.

"앞으로도 수업 듣고 싶으면 와도 됩니다."

듣고 싶었던 말은 한마디도 듣지 못했다.

*

슬아는 집으로 가겠다고 했다. 나는 슬아를 불안하게 하는 것의 실체가 무엇인지 궁금했다. 원하던 대학, 원하던 과에 입학했는데도 슬아의 불안은 왜 잦아들지 않는 걸까.

"집에 데려다줘?"

이전에도 슬아를 집까지 데려다준 적이 몇 번 있다. 하지만 슬아는 고개를 저었다.

처음엔 대수롭지 않게 생각했다. "불안해" "걱정돼" 같은 말들이 "짜증 나" "귀찮아"처럼 그냥 의미 없이 내뱉는 말이라고 생각했다. 아니었다. 슬아의 불안은 안개 같아서 사라질 때까지 기다리지 않으면 안 된다고 했다. 그럴 때마다 무력감이 든다고 했다.

이 학교 학생은 떠나고, 이 학교 학생이 아닌 나와 보람만 학교에 남았다.

"너는 왜 여기 오고 싶어?"

보람이 물었다. 내가 댄 이유는 뻔했다. 명문 대학교 학생증이 갖고 싶고, 이왕이면 취업 잘되는 과에 가고 싶다.

"너는?"

보람은 답이 없었다. 나는 그 침묵을 이해할 수 있었다. 학창 시절, 가장 곤란했던 질문은 꿈이 뭐냐는 것이었다. 난 하고 싶은 게 정말 아무것도 없었다. 그런데 지금도 그래도 되는 걸까? 이제 스무 살인데! 청춘인데!

솔직히 말하면, 무섭다. 나만 청춘이 없을까 봐. 나만 이대로 늙어 버릴까 봐.

"우선 붙고 생각하려고."

보람이 한참 후에야 말했다.

"너는 갑자기 숨이 안 쉬어지거나 심장이 마구 뛴 적 없어?"

보람에게 물었다.

"숨이 안 쉬어지는 느낌은 받은 적 없는데, 잠이 안 와. 너무 피곤해서 열 시간쯤 곯아떨어지고 싶은데 잘 수가 없어. 대학 붙으면 괜찮아질까?"

나는 고개를 저었다. 슬아만 봐도 그렇다. 대학에 붙었는데도 여전히 공황 상태에 빠진다.

"그럼 어떡하지?"

괜찮다고 해 주고 싶었는데 말하지 못했다. 이제 내가 할 수 있는 말은 하나밖에 없었다.

"나도 어제 새벽 세 시 넘어서 잤어. 자고 싶은데, 자고 싶어서 죽을 것 같은데, 잠을 잘 수가 없어."

보람의 눈가가 붉어졌다.

"다행인가?"

나는 보람의 등을 두드렸다. 슬아의 등을 두드렸을 때처럼. 그러자 마치 누군가가 내 등을 두드려 주는 것처럼 안심이 됐다.

"다행이지."

보람은 서둘러 캠퍼스를 떠났다. 오후 수업까지 놓치고 싶지는 않다고 했다. 나는 학원으로 돌아가고 싶지 않아서 캠퍼스를 배회했다. 지나다니는 사람들을 구경하다 보니 부러움과 혐오가 동시에 밀려왔다. 부러움은 이해할 수 있는 감정이었는데, 혐오는 이해가 되지 않았다.

"어어, 학생!"

노교수였다. 이곳은 학교 캠퍼스고 교수도 나도 학교에 있으니 충분히 마주칠 수 있는데, 뜻밖이라고 느껴졌다. 그는 좀 전에 봤을 때와 다른 차림이었다. 청바지에 재킷을 입고 얇은 머플러를 하고 있었다. 그 옷차림과 굵은 안경테와 희끗희끗한 머리까지 전부 지성의 상징 같았다. 그의 학문적 성취가 내 눈을 가리고 있었다.

"저 따라오셨어요?"

그가 고개를 끄덕였다.

"왜요?"

"두 번이나 찾아왔잖아요. 이유가 있겠다 싶으니까 궁금하더라고요. 내가 너무했나 싶기도 했고. 차 한잔해요. 근데 지갑을 놓고 와서 학생이 사 줘야겠네."

농담인 줄 알았는데, 진짜였다. 카페에 도착하자 그는 따뜻한 아메리카노 한 잔, 이라는 말을 남기고 자리에 앉았다.

교내 카페에서 교수와 커피를 놓고 앉아 있으니 헛웃음이 나왔다. 대학에 붙지도 않았는데 어떻게 이럴 수 있을까. 수능을 잘 봐서 이 학교에 합격했다면, 나도 그의 말을 다른 애들처럼 웃으면서 넘길 수 있었을까.

"그러니까, 친구가 수업 같이 듣자고 해서 왔다는 거예요?"

고개를 끄덕였다.

"질투는요? 보통 그러면 애가 날 놀리나 싶을 것 같은데."

"다른 애였으면 그렇게 생각했을 수도 있었겠지만, 슬아는 그럴 애가 아니에요."

"어떻게 알아요?"

"왜 몰라요. 당연히 알죠. 고등학생 때 아파서 학교를 며칠 빠진 적이 있었는데, 제가 수행 평가를 낸 걸로 되어 있더라고요. 나중에 점수 보고 알았어요. 누가 그랬겠어요."

슬아는 수행 평가를 제출하지 못했다. 내게 생색낼 만도 한데 그러지도 않았다. 내가 수능 점수에 맞춰 원서를 쓰지 않은 건, 명문대 간판이 탐나서만은 아니다. 어쩌면 그 마음보다 슬아랑 같은 학교에 다니고 싶다는 마음이 더 컸는지도 모른다.

남들에겐 친구 사귀는 데 관심이 없다고 했지만, 사실은 친구 사귀는 게 어려웠다. 다들 나보고 좀 이상하다고 했다. 물론 앞에서 대놓고 말하진 않았다. 그저 대화를 몇 번 하면 언젠가부터 말을 걸지 않았다. 내가 남의 말귀를 잘 못 알아듣는다는 걸 나중에야 깨달았다. 친한 친구 한 명 사귀지 못하고 학창 시절이 끝나는 게 아닐까, 그런 생각을 하면 외딴섬에 혼자 있는 기분이 들었다. 그러다 슬아를 만났다.

슬아는 고등학교 1학년 여름 방학 직전에 전학을 왔다. 두부처럼 흰 피부에 곱슬거리는 머리카락. 눈에 띄는 외모였지만 사교성은 없는 듯했다. 몇몇 애들이 슬아에게 말을 걸었지만 슬아는 시큰둥했다. 그래서 애들은 나를 멀리한 이유와 비슷한 이유로 슬아도 멀리했다. 우린 친구가 될 운명이었다.

슬아랑 나는 주파수가 잘 맞는다. 대화를 많이 하지 않아도 같이 있는 게 어색하지 않다. 끊임없이 이야기를 나눠야만 이어질 수 있는 관계가 있고 대화 없이도 이어지는 관계가 있는데, 우린 후자다.

숨이 막혀.

슬아는 종종 그렇게 말했다. 슬아가 무사히 수능을 보고 대학에 합격해서 다행이라고 생각했다. 내 실패가 쓰라리긴 했지만, 사실 재수를 어느 정도 예감하고 있었기 때문에 크게 낙담하지 않았다.

슬아의 합격을 축하해 주는 내 모습을 보고 애들 몇몇이 가식적이라고 뒷담화를 했다는 걸 알았다. 그럴지도 모른다. 쿨해 보이고 싶었는지도. 그러나 이것만은 확실하다. 어떤 관계의 이면은 타인이 절대 볼 수 없다.

"실패하지 마세요."

"저는 이미 실패했어요."

"그 마음을 간직하는 데 실패하지 말라는 말입니다. 아이가 태어났을 때 무척 예뻤어요. 제 모든 것을 주고 싶을 만큼. 아내를 처음 만났을 때도요. 그런데 잊게 되더라고요. 마음들이 자꾸 사라졌어요. 잡고 싶은 마음도 없었던 것 같아요. 그러다 어느 날 보니까 텅 비었더라고요. 그래서 아, 실패했구나, 마음을 간직하는

데 실패했구나, 깨달았어요."

노교수는 말했다. 여러분은 앞으로 반드시 실패할 거라고. 나는 세속적인 성공과 실패를 떠올렸다. 하지만 그가 말한 실패는 다른 의미의 실패였다.

"친구가 아프다고 누구나 자기 일을 버리고 달려오지는 않아요. 그것도 나는 떨어지고 친구만 붙은 대학에 말이에요."

노교수의 눈가에 주름이 자글자글했다. 그가 남은 커피를 한입에 털어 넣었다. 나는 그를 다시 찬찬히 살폈다. 사회적으로 성공한 늙은 남자가 아니라, 소중한 무언가를 조금씩 잃어버리다가 어느새 빈껍데기만 남은 한 남자가 있었다.

\*

Q. 어떤 일은 사람의 힘으로 막을 수 없잖아요. 그것까지 자책하는 건 자신에게 너무 가혹한 게 아닐까요?

A. 그런 의미가 아닙니다. 저는 그 사고를 되돌릴 수 없다는 걸 알아요. 신이 개입하지 않은 이상, 이미 벌어진 일을 되돌릴 수야 없죠. 저는 제 마음에 대해 이야기하고 있는 겁니다. 갓 세상에 나온 아이를 처음 품에 안고 가졌던 그 마음이 언제, 왜 사라졌는가에 대해서요. 저에게도 어떤 마음들이 있었어요. 그런데 지금 제가 가진 건 뭔가요? 텅 비

었어요. 사고가 없었더라도 텅 비었을 거예요. 사고를 통해 깨닫게 되었을 뿐입니다.

*

변한 건 없었다. 3월 4일, 나는 학원 가는 버스에 몸을 실었다. 버스는 자주 흔들렸고 나도 그때마다 같이 흔들렸다. 중심을 잡고 싶은 마음이 없었다. 그러자 흔들림이 놀이처럼 느껴졌다.

버스에서 내리자 익숙한 실루엣이 보였다. 꼬불거리는 머리카락, 흰 피부. 삽살개 같아.

"학교 안 갔어?"

슬아가 고개를 끄덕였다. 어제 노교수와의 대화를 마치고 집으로 돌아가는 길에, 슬아에게 가려다가 말았다.

"왜 왔어?"

"걱정돼서."

"괜찮아. 요즘 그런 사람 많대. 병원 가서 약 먹으면 나아진대. 너도 병원 가 봐."

슬아는 고개를 저었다.

"나 말고."

"그럼?"

"어제 집에 가서 생각해 보니까 내가 너한테 너무 심했던 거 같아서."

"그런 생각 안 했는데."

"안 했어?"

슬아가 웃었다.

"힘들면 휴학해. 아니면 나랑 내년에 같이 다녀."

"그럴까?"

슬아가 나를 툭 쳤다.

"갈게. 공부해."

목표는 있지만 꿈은 없다. 십 년 뒤의 우린 어떤 모습일까? 계속 친구로 지낼 수 있을까? 아니면 사소한 일로 오해가 깊어져서 연락을 끊게 될까. 인터넷 커뮤니티에 친구와 손절한 썰 같은 걸 올리게 되는 건 아닐까.

만약 고등학교 1학년 때 슬아가 전학을 오지 않았다면, 고등학교 삼 년이 무척 지루하고 힘들었을 거란 생각이 들었다. 중학교에서 보낸 삼 년처럼. 그래서 과거로 돌아갈 수 있다면 중학교로는 돌아가고 싶지 않다. 중학교엔 슬아가 없으니까.

"우리 스무 살이잖아. 청춘을 좀 즐겨라."

슬아가 뒤돌아서더니 피식 웃었다.

"미쳤어?"

나는 고개를 끄덕였다.

나에게 청춘은 없다고 생각했다. 마치 오아시스나 안개처럼. 잡으려고 하면 손가락 사이사이로 빠져나가 버린다. 그런데 지금 이 순간을 청춘이 아니라고 할 수 있을까. 이렇게 마음이 애틋한데, 그래서 가슴이 미어지는데.

노교수는 말했다.

"마음들이 자꾸 사라졌어요. 잡고 싶은 마음도 없었던 것 같아요. 그러다 어느 날 보니까 텅 비었더라고요. 그래서 아, 실패했구나, 마음을 간직하는 데 실패했구나, 깨달았어요."

실패하지 않는 삶을 살 수 있을까. 이런 마음을 십 년 후에도 이십 년 후에도 삼십 년 후에도 간직할 수 있을까. 그러고 싶다는 생각이 들었다. 이런 마음도 없이 살고 싶지 않았다.

"카페에서 기다려. 점심 같이 먹자."

슬아가 고개를 돌리더니 심드렁한 표정으로 고개를 끄덕였다.

"걔도 부를까?"

나도 보람을 떠올리던 참이었다. 어쩌면 슬아와 내가 친구가 된 것처럼, 보람과도 친구가 될 운명일지 모른다.

"공부한다고 안 올 것 같아. 독기가 느껴졌어."

"그럼 우리가 가자."

나는 고개를 끄덕였다.

사라지는 마음들을 되도록 오랫동안 움켜쥐고 싶다. 그럼 사라진다고 해도 스친 적이 없다고는 할 수 없겠지. 주먹을 펴 보면 남은 건 아무것도 없겠지만, 적어도 나는 안다. 뭔가를 손에 쥔 적이 있었음을.

청춘이 나를 스쳐 지나간다, 안개처럼.

지나가지 않았다고 말할 수 없다.

등단을 준비하는 동안 수상 소감을 열심히 읽었다. 질투 나고 부러웠다. 질투하고 부러워하고 싶어서 읽었는지도 모른다. 그런데 『브라더 케빈』으로 문학동네 대학소설상을 받은 김수연 작가의 수상 소감을 읽고, 처음으로 질투도 부러움도 아닌 슬픔과 안도를 느꼈다.

수상 소감에는 "여러분, 내가 비밀 하나 알려 줄게요. 여러분은 모두 실패할 겁니다"라는 글이 적혀 있었다. 노년의 극작가가 해 준 말이라고 했다.

'실패'라는 단어가 수상 소감에 적기에는 적절하지 않은 말인데도, 어쩐지 이보다 수상 소감에 잘 어울리는 단어는 없다는 생각이 들었다. 수상 소감은 수상에 실패한 사람들이 더 열심히 읽기 때문이다.

그때 나는 매일매일 실패했다. 등단하는 데도 실패했고 회사 생활에도 실패했고 인간관계도 그리고 나를 온전히 지켜내는 일에도 실패했다. 그것이 마치 앞으로 펼쳐질 인생에 대한 예고편 같기도 했다. 등단하지 못할 수도 있겠다는 생각을 종종 했다. 그러고 나면 스스로가 인생을 다 산 노인처럼 느껴졌다. 그때 나는 낙관보다는 비관이 어울리는 사람이었다(지금도 마찬가지지만).

그런 나에게 그 수상 소감은 이렇게 말하고 있었다. **모두**가 실패하는 것이야말로 인생의 비밀이라고.

그 말에 용기를 얻었다. 어차피 실패할 거라면 하고 싶은 걸 실컷 해 보고 싶어졌다. 그렇게, 좋아하는 만큼 두려웠던 글쓰기의 무게에서 조금 벗어날 수 있었다.


3월 2일, 시작의 날, 개학 등의 소재로 앤솔러지를 제안받았을 때, 불현듯 이 수상 소감이 떠올랐다. 그래서 실패했지만 실패하지 않으려고 고군분투하는 이들에 대해 써야겠다고 생각했다. 그러자 실패란 무엇인지 생각하지 않을 수 없었다. 원하는 대학에 입학하지 못한 게 실패일까, 친구를 소중하게 여기는 마음을 잃어버리는 게 실패일까.

나는 지금도, 여전히 인생에 대해 모른다.

매일 후회하고 매일 다짐한다. 대부분의 후회는 더 사랑하지 못한 데서 온다. 왜 아이에게, 남편에게, 언니에게, 부모님께 친절

하지 못했을까 후회한다. 그리고 다짐한다. 내일은 아이를, 남편을, 부모님을, 언니를, 동생을, 조카를 더 사랑하겠다고.

그런 마음을 돌아보면서 썼다.

그러고 보면 등단에 실패하던 시절, 나는 마냥 실패하지만은 않았다. 친구와 밤새 이야기를 나누고 서로를 위로하고 웃고 떠들고 오해하고 다투고 그러다 다시 깔깔거리며 웃었던 순간들을 어떻게 실패라고 할 수 있을까. 감히 사랑이라고 말한다. 아니, 단지, 사랑이라고 말한다.

이 소설도 사랑의 산물이다.

실패하더라도 실패하고 싶지 않다.

메
모
리

카
드

설
재
인

설
재
인

불행했던 시간 덕분에 소설을 쓰는 사람이 되었고, 힘든 경험이 생기면 언젠간 꼭 이걸 소설에 써먹고 말겠다며 칼을 간다. 그런 일이 꽤 많았던 건지, 장편 소설 열몇 권(어느 순간 세지 않기 시작했다)과 소설집 두 권, 에세이 한 권을 썼다.

아민이 '그 포스트잇'을 떼어 간 것은 돈과 잘 곳이 필요했기 때문이다.

　과방에는 과외 선생을 구하는 학생들의 신상명세가 적힌 포스트잇을 붙여 놓는 게시판이 있다. 그러나 '그 포스트잇'은 아무도 떼어 가려 하지 않았다. 초면의 과외생과 호텔에서 함께 숙박해야 하며 수업 시간이 아닐 때도 하루 일정을 상세히 관리해 줘야 했고, "고학번 남자 쌤"만 연락을 달라고 했다. 페이도 과외 시장의 관행과 달리 후불이었는데, "남부럽지 않게 드리겠다"라고만 쓰여 있어 모두의 실소를 샀다.

　"저 말을 어떻게 믿어? 자다가 새우잡이 배에 잡혀가는 거 아니야?"

2학기 종강 전에 붙은 포스트잇은 그래서, 이듬해 3월 2일까지 남아 있었다. 과방에 아무도 없을 때를 기다려 아민이 몰래 떼어 갈 때까지. 물론 금방 들키긴 했지만.

 아민이 그 포스트잇을 떼어 간 것을 두고 과 사람들은 그럴 줄 알았다는 듯 수군거렸다.

 "그 새끼 미친놈이잖아. 성적에든 돈에든."


 사람들은 아민을 어려워했다. 중학교를 자퇴한 후 고등학교까지 검정고시로 끝마치고 열일곱 살에 수능을 쳐서 대학에 온 남자애. 결석 한 번 없이 내내 과톱. 심지어 졸업 후 대학원에 진학하라는 지도 교수의 구애를 이미 공개적으로 받기까지 했다.

 동기들은 아민과 말을 섞지 않았다. 군대에 가는 남자 동기들은 "새끼, 너도 어차피 군대 가면 끝이다"라고 말하며 욕을 뱉었고 여자 동기들은 아민을 피해 다녔다. 선배들은 아민을 질시했고 아민보다 나이가 많은 후배들은 조소했다.

 왜 사람들은 내게 호의를 가지지 않을까? 내가 가난해서? 나이가 어려서? 공부만 해서? 말이 없어서?

 아민은 몰랐다. 동기들은 아민의 눈이 음침하다고 했다. 그러나 아민은 그 말을 이해할 수 없었다. 그 누구의 눈도 똑바로 마주 본 적이 없는데 자신의 눈이 어떻게 생겼는지 그들이 무슨 방법으로 알 수 있단 말인가? 중학교를 자퇴한 후, 사람들과 눈을 마주치지 못하는 버릇이 생겼는데.

 그러나, 그래도, 아민은 괜찮았다. 어차피 평생토록 외로웠다. 중학교 동급생들의 지속적인 폭력 탓에 자퇴를 했기에, 때리지만 않으면 버틸 수 있다고 생각했다. 그 외에는 상관없었다. 남이 어떻게 살든, 뭐라고 생각하든, 혼자 인내하고 노력해서 부와 명예를 성취하면 된다. 십 년만 기다려 봐, 내가 위에 올라설 테니까. 아민은 생각했다. 그러면 날 비웃을 수도 없겠지.

 그래서 아민은 항상 불안했다. 성공을 위해 차근차근 쌓아 올린 계획이 흐트러져 무너질까 봐. 실패가 거듭되어도 나락까지 내팽개쳐지지 않도록 보험을 미리 들어 놓아야 했으며, 그게 돈이든 공부든 시간이든 간에 최대한으로 확보해 놓아야 마음이 조금이나마 놓였다. 아빠가 돌아가시고 엄마와 둘이서 원룸에 살게된 이후로는 더더욱 그랬다.

 그러나 열아홉 살, 2월의 마지막 날. 옆집에 불이 나 아민이 살던 빌라가 전소되었다. 그리고 그 시간, 아민의 엄마는 퇴근을 하다 차에 치여 입원을 하게 되었다. 그렇게 아민이 잘 곳은 사라졌고 엄마는 마트 캐셔 일을 잃었다. 어떻게 한 사람의 인생에 이 두 가지 일이, 그것도 동시에 일어날 수 있을까? 아민의 계산으로는 불가능한 일이었으나, 이미 일어난 일을 두고 바닥을 긁고 있어 봤자 할 수 있는 것은 없었다. 아니, 당장 등 대고 누울 바닥도 없었다.

아민은 포스트잇에 적힌 번호로 전화를 걸었다. 언제 만나 뵈면 좋을까요? 학부모의 말에 빠를수록 좋다고 답했다. 일부러 목소리를 굵직하게 냈다. 학부모는 그날 저녁으로 약속을 잡았다. 아민은 조금 놀랐지만, 엄마의 병상 옆 간이침대에서 더는 자지 않아도 될지도 모른다는 생각에 기뻤다. 간이침대는 아민에게 너무 작았다. 게다가 통증에 시달리는 엄마가 아민의 손을 자주 찾아서, 도저히 잠을 잘 수가 없었다.

\*

아민은 재게 걸었다. 돈도 급했고, 개강 총회 같은 것에 갈 생각도 없었다. 미팅 장소는 학생이 묵고 있다는 호텔의 1층 카페였다. 도착해 보니 과외생도 학부모 옆에 같이 앉아 있었다. 머리는 박박 깎았고 아직 겨울 날씨인데도 얇은 셔츠만 입고 있었다. 몸이 엄청나게 말라 옷 품이 남아돌았고, 키도 아민보다 15센티미터는 작아 보였다.

"우리 애는 스무 살인데, 오늘 고등학교 입학했어요."

과외생의 어머니가 먼저 입을 열었다. 아민이 놀라는 티를 내길 기대하는 듯 보였으나 별다른 기색이 없자 다시 설명을 이어 갔다.

"사정상 외국에 좀 오래 갔다 왔어요. 그래서 한국 학교 분위기에 적응을 못 할 테니까 잘 돌봐 주세요. 고학번이니까 형이잖아요. 남동생이라 생각하고 편하게……."

역시. 언제나처럼 나이를 속여야 하는 상황이었다.

"그럼 두 분은 어디 외국이나 지방에 계시는 건가요?"

아민의 물음에 부부는 서로를 쳐다보더니, 아뇨, 우리도 서울에 있어요, 하고 선선히 대답했다. 그런데 왜 아들을 혼자 호텔에……. 아민은 질문하려다 입을 꾹 다물었다. 혹시라도 기분이 나쁘다며 자신을 돌려보낼까 두려웠다.

"오늘부터 시작한다고 치면 한 달 후, 그러니까 4월 1일이죠. 그때 페이 드릴게요. 밥은 애 돈으로 룸서비스든 배달이든 시켜 드시고요. 애가 정말 한국 사회에 대해선 아무것도 몰라요. 그러니까 잘 돌봐 주시고, 단속도 좀 해 주세요."

아민은 고개를 주억거리며 학생을 바라보았다. 우리말도 잘 못하려나? 아직까진 파악할 수가 없었다. 하지만 인상을 보아하니 말을 안 듣거나 몽니를 부릴 성격은 아닌 것 같았다. 눈동자가 크고 둥글었으며, 몸도 고요히 움직였다. 지금처럼만 조용하다면 같이 살아도 문제없을 것 같았다.

말 못 할 저 집만의 사정이 있겠지. 아민은 생각했다. 모든 사람이 자기 사정을 아무 데나 전시하고 다니는 건 아니다. 아민은 누구보다도 그런 심리를 잘 알고 있었다.

배낭을 메고 3401호에 들어섰을 때 아민의 눈에 제일 먼저 들어온 것은 서울의 전경이었다. 엄마의 병실에도 창문이 있긴 하지만, 밖으로는 낡은 오피스텔의 환기구만 보일 뿐인데. 아민은 커다란 창을 힐끔대며 신발을 벗고 객실 바닥을 디뎠다.

객실은 1.5룸 형태로 되어 있었다. 가벽으로 분리된 침실 하나와 거실 하나. 침실에는 커다란 퀸 사이즈 침대가 하나 있었고, 거실에는 기다란 소파가 있었다. 한 침대에서 같이 자라는 걸까? 당황스러웠다. 과외생은 주머니에 작은 손을 찔러 넣은 채로 아민을 가만히 응시하더니, 갑자기 툭 말을 뱉었다.

"제가 소파에서 잘게요."

억양이 몹시 자연스러웠다. 아냐, 괜찮아, 하고 아민이 말하자 과외생이 바로 응수했다.

"전 어차피 어디에서든 잘 못 자요. 그리고 쌤은 소파에서 못 자요. 키가 커서."

"아니, 그래도……."

"일단 자 보고 힘들면 바꿔 달라고 할게요."

아민은 다시 한번 방 안을 둘러보았다. 그러다 문득, 둘이 앉을 책상이 없다는 사실을 깨달았다. 작은 원형 테이블과 노트북 하나만 올려도 꽉 찰 1인용 데스크뿐이었다.

"아까 보셔서 대충 분위기 아시겠지만, 그 사람들, 과외 수업엔 신경 안 써요. 저 감시하는 게 중요하지."

과외생이 다시 말했다. 이 정도면 거의 사람 마음을 읽는 수준의 눈치가 아닌가. 아민은 깜짝 놀랐다. 부모를 '그 사람들'이라 칭했다는 사실에도.

"'그 사람들'이라니. 그래도 부모님한테……."

과외생의 표정은 읽어 내기가 힘들었다. 먼저 돌아서는 과외생을 보고 아민도 등을 돌려 천천히 짐을 정리하기 시작했다. 집이 다 타 버리는 바람에 급하게 산 싸구려 옷가지 몇 벌과 전공책 들, 그리고 과외할 때 쓸 교재 따위.

그러다 무언가 궁금한 것이 생겨 과외생을 부르려다 자신이 아직 이름도 물어보지 않았단 사실을 깨달았다. 학부모는 과외생을 계속 '아이'라 칭했으니까. 미팅 자리에서 서로 소개조차 하게 해주지 않았으니까.

"유정이에요, 제 이름."

과외생이 아민 쪽을 보지 않고 불쑥 말했다.

*

과외를 시작한 후, 과 사람들이 아민에게 아는 척을 하고 궁금한 점을 묻는 일이 부쩍 많아졌다.

호텔에 혼자 살아? 야, 거기 좋은 호텔이잖아. 와, 씨발, 지린다. 부잔가 보네. 과외비는 얼마 준대? 아직도 모른다고? 야, 너 조심

해라. 진짜 자다가 장기 털린다? 그러지 않고서야 고작 과외하는데 호텔에서 자게 해 주고 돈도 주겠냐? 야, 룸서비스 맛있냐? 거기 놀러 가도 되냐?

적절히 남들이 원하는 대답을 해 주면서도 정작 가장 놀랍고 불편한 부분에 대해 털어놓을 사람은 없었다. 아민은 그들 중 누구도 믿을 수 없었기 때문에.

있지, 나는 아무래도 과외를 하고 있는 게 아닌 것 같아. 오히려 교도관에 가깝지. 과외생이 집을 나온 게 그 애의 의지일까, 아니면 부모가 버린 형태에 가까울까? 스무 살이나 되었는데, 성인인데, 왜 하루 일과를 빠짐없이 보고하라는 걸까?

그리고 무엇보다, 이 말을 하고 싶었다.

과외생이 내 마음을 읽는 것 같아. 좀 무서워.

같이 산 지 이틀째, 아민은 의심하기 시작했고, 사흘째에 거의 확신했다. 충분한 근거를 가지고 진행한 귀납적 추론의 결과였다. 유정은 아민의 마음을 '읽어 낼' 수 있다. 그렇지 않고서야 어떻게 룸서비스에서 오이를 빼 달라는 전화를 할 수 있단 말인가? 엄마 생각에 잠을 이루지 못하고 뒤척이는 아민에게 갑자기 가족과 사이가 좋냐고 묻는 것은? 첫날 화장대 위에 놓여 있던 라이터를 아민의 눈에 띄지 않도록 다음 날 바로 치워 버린 것은 또 어떻고? 이게 아민의 집에 불이 나 세간이 다 타 버렸단 것을 모르는 사람이 할 수 있는 배려인가?

"외국에서 얼마나 살았어?"

오이가 들어가지 않은 샐러드를 뒤적이다가 던진 아민의 말에 유정은 입술을 꾹 다물고 고개를 저었다. 대답하고 싶지 않단 뜻인가. 원래의 아민이라면 대화를 더 잇지 못했겠지만, 어쨌거나 지금 아민은 선생이다. 학생과의 관계를 개선할 의무가 있는.

"워낙에 배려심이 좋더라고, 네가."

"제가요?"

"어. 다른 말로 하면 눈치가 빠르다고 해야 하나. 그거 되게 좋은 자질이거든, 한국 사회에서."

유정은 푸, 소리를 내며 짧게 웃었다. 입술 사이로 토마토 조각이 튀어나와 테이블 위로 떨어졌다. 죄송해요. 유정이 냅킨으로 조심스레 토마토 조각을 훔쳐 냈다.

"칭찬 아니죠? 한국 사회에서 좋은 자질이라는 말."

아민은 눈을 깜박거렸다. 유정이 다시 말했다.

"이상해서요. 사람들은 저 되게 싫어하던데."

"어떤 사람들이?"

"그 사람들도 그렇고, 학교 애들도 그렇고. 선생들도……."

"학교 애들이 괴롭혀?"

아민의 물음에 유정이 대답했다. 안 괴롭히는 게 더 이상하죠.


다음 날, 아민은 등교하는 유정을 따라나섰다. 스무 살이나 된 남자애의 등교를 함께하는 게 퍽 이상한 일이란 건 잘 알지만 나는 돈을 받으니까, 라고 생각했다. 나는 유정보다 키도 훨씬 크니 아주 우스워 보이진 않을 거니까. 그리고 유정이 이런 제 생각을 읽으면 좋겠다고 생각했다. 자신이 일종의 책임감 때문에 이런 짓을 벌인다는 것을 알면, 유정이 자신의 행동을 이해할 수 있을 테니까.

"한국 사람들은 남들이랑 다른 사람을 처음엔 좀 배척하는 경향이 있어. 네가 외국에 오래 살다 왔고, 나이도 있고 하니까 낯설어서 그럴 거야. 좀 지나면 괜찮아질 거야."

내 인생은 끝까지 괜찮아지지 않았지만, 이라는 말은 꾹 씹어 삼켰다.

"그래요? 내가 미움받는다고 해서 나한테 문제가 있는 건 아니라는 말이에요?"

"대부분은 그렇지."

"대부분이요? 그럼 난 아닐 수도 있다?"

"무슨 소리야. 넌 그 대부분에 속한다, 이 말이지."

유정에게서 대답이 돌아오지 않았다. 아민은 일부러 바지 자락을 썩썩대며 걷고, 가방 고리가 더 크게 삐걱대게 움직였다.

교문에 들어서기 전, 유정이 돌아서며 물었다.

"사람들이 저를 싫어하는 이유가 선생님이 나를 소름 끼쳐 하는 이유랑 같다면요?"

그러고는 두 팔을 흔들며 마구 뛰어 교문 안으로 들어섰다. 교문에 서 있던 학생 지도 선생이 아민을 의뭉스럽게 쳐다보았다.

그날 아민은 강의가 하나밖에 없었다. 수업을 다 듣고 다시 유정의 학교로 돌아와 근처 카페에 자리를 잡았다. 유정에게 메시지를 보내고 그가 하교할 때까지 몇 시간을 더 기다렸다.

카페 문을 열고 들어선 유정이 가방을 슬그머니 내려놓고 아민의 맞은편에 앉았다.

"왜 기다려요. 어차피 십 분 후면 볼 거."

"그냥, 미안해서."

아민이 유정을 쳐다보았다.

"난 널 소름 끼친다고 생각하지 않는데, 네가 그렇게 느끼게 행동했다면 미안해."

유정은 잠시 뜸을 들이더니 대답했다.

"쌤은 진짜 직업의식이 강하다, 그렇죠?"

비꼬는 투가 아니었다. 오히려 조금 슬프게 들렸다. 아민은 고개를 저었다.

"선생이어서가 아니야. 돈을 받아서도 아니고. 물론 돈도 중요하지만……."

"돈이 중요하죠."

유정이 아민의 말을 잘랐다.

"쌤 집도 없고, 어머니도 편찮으시잖아요. 다른 알바 하기에는 아직 성인이 아니라 힘들고. 게다가 과외만큼 돈 많이 주는 알바도 없을 거고."

아민은 주먹을 쥐었다가, 폈다가, 다시 한번 더 쥐었다 펴 보았다. 유정에게 제 사정을 털어놓은 적이 있었던가. 아니, 전혀. 전혀 없었다. 다만 어쩌면 알아줬으면, 하고 바랐을지도 모른다. 굳이 유정이 아니더라도 누군가가, 누구라도 자신의 힘든 상황을 알아줬으면, 열아홉이라는 나이에 지나치게 버거운 일들을 겪고 너무나 무거운 짐들을 지고 있단 사실을 알아줬으면…….

"……알면 좀 도와줘요."

아민이 말하자 유정은 진저리 쳤다.

"왜 갑자기 존대해요. 반말해요."

"형이잖아요."

"쌤이잖아요. 그리고 그 사람들한테 들키면 어떡해요. 나이 어린 거 숨겨야 하는데."

그러더니 아민이 뭐라 응수하기도 전에 먼저 선수를 쳤다.

"쌤이니까 지금부터 내 말 들어 줄 수 있어요? 원래 좋은 쌤은 학생 말을 잘 들어 주는 쌤이잖아요. 내가 하는 말, 비웃지 말고, 끊지도 말고 들어 줄 수 있어요? 의심은 해도 좋아요. 그런데 말로는 다 믿는 척해 줘요. 그래 줄 수 있어요?"

96

*

유정의 이야기는 허황했다. 부모라 소개한 그들이 실은 진짜 부모가 아니라 미치광이 과학자 부부이며, 그 둘은 자신을 입양한 후 자신의 뇌에 이런저런 실험을 했고, 그 과정에서 타인의 생각을 읽는 능력이 부작용처럼 생겨났는데 그건 그들의 의도가 전혀 아니었으며, 자신의 능력을 알고 공포심에 사로잡힌 부부가 자신을 버린 것이나 마찬가지라는. 그러나 그들은 입양아를 함부로 버리기엔 지나치게 유명하고 사회적 이미지를 신경 쓰는 인간들이라 이런 식으로 '비싼 유기'를 택했다는 이야기였다.

아민은 유정이 안쓰러워졌다. 그냥 외국에서 생활하느라 삶의 속도가 조금 느려진 줄 알았는데 망상이 문제였나, 하고. 유정이 제 생각을 읽어 내리란 판단을 미처 하기도 전에 든 마음이었다. 그러나 유정은 직접 단언한 대로, 아민이 말로 뱉지 않은 생각은 아는 척하지 않았다.

"매일매일 머리에 전극을 꽂고 살았어요. 내 머리가 왜 빡빡 깎여 있겠어요? 잘 보면 뒤통수에 흉터도 있어요. 그 사람들이 칩을 심었거든요."

"신고하려고 해 본 적은 없어?"

"미성년자 때 몇 번이요. 근데 다 귀가 조치 됐어요."

저 말을 믿어 줘야 하는 거지. 아민은 생각했다. 자신은 잘 곳

없는 불쌍하고 가난한 인간이니까…… 어쩌면 이런 합의도 유정이 자신을 동정하는 방식일지 모른다. 아민이 그의 부모를, 혹은 '그 사람들'을 속였다는 걸 알고도 묵인해 주는 것도. 그래, 유정을 걱정하기 전에 아민 역시 불운한 인간이었다.

힘든 것들끼리 서로 도와 보지, 뭐. 아민은 속으로 중얼거리면서 유정이 자신의 마음을 읽었으면 했다. 네가 그런 비현실적인 주장을 해도 나는 받아들여 줄 수 있다고. 왜냐하면 내가 더 힘드니까, 이해해 줄 수 있다고. 그렇게 말하고 싶었다.

그날 밤, 잠을 자려고 눕자 옛날 생각이 났다. 아이들이 자신을 괴롭히고 때렸던 때의 기억들. 그때는 아민도 참 어처구니없는 상상을 많이 했다. 그 상황을 정당화하기 위해서, 그 상황이 어쩔 수 없었음을 받아들이기 위해서 마구 주먹질을 해 그 애들을 패 버리는 상상을 했다. 어딜 때려야 하는지도 모르면서. 사람은커녕 빈 벽도 못 치면서. 힘없는 이가 하는 상상의 끝은 결국 자신의 부재로 향하곤 한다. 내가 죽고 나서 복수할 거야, 와 같은.

그것보다는 저런 망상이 나을지 모른다고 아민은 생각했다. 가벽 너머에서 기침하는 소리가 들렸다.

*

집이 다 타 버렸으므로 옷이 없었다. 아민은 급한 대로 속옷 두어 장과 티 한 장, 바지 한 장씩을 산 후 원래 입고 있던 것과 돌려 입고 있었다. 빨래를 해야 하는데 방법이 없었다. 유정은 어떻게 옷을 세탁하지? 호텔 화장실에서 빨래를 해도 되나? 그렇게 고급 스러운 곳에서? 세탁소에 맡기기에는 돈이 없는데.

결국 수업이 끝난 후 인적이 드문 화장실을 골라 몰래 빨래를 했다. 그러나 두어 번만에 후배들에게 딱 들키고 말았다. 선배 뭐 해요? 평소에는 아민을 아는 척도 안 하던 이들이 어깨에 팔을 두 르며 물었다. 설마, 설마 빨래를 하는 거예요? 씨발, 뭐야 선배, 미 치겠다……

그 이야기가 과 단톡방에 올라오는 데는 한 시간도 걸리지 않 았다. 과 대표가 직접 메시지를 썼다.

[학교 화장실에서 개인 속옷을 빨래하는 우리 과 학생이 있다는 제보가 들어왔습니다.]

그 밑에는 'ㅅㅂ'이나 'ㅋㅋㅋㅋㅋ' 혹은 토하는 이모지 따위의 답이 여러 개 달렸다. 내가 없는 단톡방에서는 얼마나 자세한 이 야기를 얼마나 길게 할까. 아민은 두려워졌다. 젖은 빨래가 든 가 방이 묵직했다.

버스를 두 번 갈아타고 엄마가 입원한 병원에 갔다. 엄마가 내 민 손을 잡았다. 학교는 잘 다니지? 엄마의 물음에 고개를 끄덕였다. 과외는 잘하고 있고? 다시 고개를 끄덕였다. 다행이다, 우리 강아지. 엄마는 그렇게 말하며 훌쩍거렸다. 울지 마. 왜 울어, 엄마. 아민은 말했다. 우는 거 보기 싫어. 우리 보송보송하게 살자, 엄마. 눅눅해지지 말고.

그러고는 병원을 나오며 엉엉 울었다. 울음이 잦아들 즈음, 소금기 가득한 물로 축축해진 소매를 물끄러미 쳐다보다가 갈아입을 옷이 없다는 사실에 다시 울었다. 그리고 과 단톡방을 나갔다.


그날 저녁, 아민은 전날 유정에게 가르친 것을 테스트했다. 유정은 문제를 푸는 둥 마는 둥 하더니 시험지를 아민에게 다시 건네주었다. 채점해 보니 반타작이었다. 복습을 거의 안 한 거나 마찬가지였다.

"저번엔 다 맞았잖아."

아민이 조용히 말하자 유정이 대답했다.

"그땐 쌤 마음을 읽었죠."

"사기 쳤단 말이네."

"근데 오늘은 왜 이렇게 속이 시끄러워요? 문제 풀라고 내 놓고서는 혼자서 딴생각만 하고."

아민은 눈을 감았다. 유정의 부모가 미치광이 과학자란 주장은 믿을 수가 없었으나 유정이 유달리 타인의 마음을 잘 읽어 내는 건 확실했으므로, 아마 자신의 표정을, 아직 마르지 않은 소매를 보고 무언가 나쁜 일이 있다는 걸 알아챘으리라. 그러나 그보다 더한 건 알지 못했으면 했다. 만약 유정이 정말로 생각을 '모두' 읽을 수 있다면, 부모가 아들을 멀리 떨어뜨려 놓은 이유도 그것일지 모른다. 아무에게도 들키고 싶지 않은 일이 얼마나 많은데. 그 누구에게도 이야기할 수 없는 일들이…….

"쌤, 근데 있잖아요, 제가 지난주부터 하고 싶었던 말이 있는데요. 그, 옷이요."

유정이 말했다.

"제가 좀, 같이 사는데 쌤이 자꾸 똑같은 옷만 입으니까 신경이 쓰여서 그러는데 제 옷 좀 입으면 안 돼요? 저 예쁜 옷 많은데."

그러면서 아민을 끌고 가 옷장 문을 열었다. 그의 말처럼 옷이 정말 많았다. 유정이 키도 체구도 아민보다 훨씬 작지만 옷을 워낙 풍덩하게 입어서 상의는 아민에게도 맞았다. 청바지는 어려웠으나 허리와 밑단이 고무줄로 된 조거 팬츠는 입을 수 있었다. 유정은 아민에게 맞을 만한 옷들을 직접 골라 주었다.

"이대로 안 입고 가면 그 사람들한테 나이 속인 거 꼰지를 거예요."

너, 아니, 형, 아니, 너, 날 동정하니. 커다란 침대에 누워서 사지를 나비처럼 뻗은 채 아민은 텔레파시를 걸듯 가벽 너머로 생각을 쏘아 보냈다. 들리면 대답해 봐. 나를 동정하냐고, 라면서. 그러자 곧 TV 켜지는 소리에 이어 개그맨 몇 명이 신나게 웃고 떠들기 시작했다.

저들은 서로를 헐뜯으면서 돈을 벌지. 아민은 생각했다. 만약 내게 그런 기회를 준다면 나는 할 수 있을까. 아니, 절대로. 나는 그럴 수 있는 사람이 아니야. 언제나 그 대상이었지 주체는 아니었으니까. 항상 상처받는 사람이었으니까.

TV 볼륨이 더 올라갔다. 개그맨들이 더 신나게 웃어 젖혔다. 불에 탄 아민의 옛집에서 저 정도로 큰 소리를 냈다면 당장에 옆집, 아니, 옆방 사람이 쫓아왔을 텐데. 비싼 호텔은 방음도 참 잘되는 모양이다. 고래고래 노래를 불러도 좋겠지. 아민은 힘껏 노래를 부른 지가 언젠지 떠올려 봤다. 기억이 나지 않았다.

다음 날부터 아민은 유정의 옷을 입고 유정의 수분 크림을 바르고 유정의 향수를 뿌렸다. 유정은 가방까지 바꿔 주었다.

"쌤 가방 어깨끈이 거의 다 뜯어졌던데. 어차피 나는 이거 들고 학교 못 가요."

"왜?"

"깝싼다고 욕먹어서."

유정이 준 가방을 메고 수업에 들어갔다. 남자 후배들 몇몇이 아민의 가방을 보고 수군거렸다. 그러더니 가운데에 있던 후배가 와서 물었다. 가방 샀어요, 선배? 그렇다고 대답하자 과외비로요? 하고 되물었다.

"과외비 많이 받았나 봐요. 와, 씨발, 부럽다. 나 이거 존나 가지고 싶었던 건데. 선배 군대 안 가요? 그 과외 내가 하게."

그러더니 코를 킁킁거렸다. 미친, 향수도 샀어요? 돈 개 많나 봐, 선배? 눈썹을 치켜올리고 우습다는 듯 구는 후배에게 아민은 자기도 모르게 대답했다.

"아무나 할 수 있는 과외 아니야."

너처럼 입에 걸레를 문 애한테 뭘 배우겠어, 유정 같은 애가? 라고 말하고 싶었다. 그러나 말이 혀끝까지 올라온 순간 멈칫하고서는, 다르게 뱉었다.

"미안해요. 좋은 과외라서 못 주겠다는 뜻이에요. 미안해요. 말이 잘못 나왔어요."

아민은 그가 자신에게 뭐라고 할까 초조한 마음에 손톱을 물어뜯기 시작했다. 이런 종류의 순간이 오면 꼭 옛날 생각이 났다. 옛날에 맞은 곳들이 아팠다. 멍은 이미 오래전에 아물었는데, 왜 자꾸만.

수업을 마치고 호텔로 돌아가 엘리베이터를 타자마자 머리를 쥐어뜯었다. 그 후배, 인기도 많고 주변에 사람도 많은 앤데. 학생회도 하고 선배들에게 사랑도 받는. 왜 그런 새끼들은 아무렇지도 않게 잘 살까. 왜 나는 그런 새끼들에게 아무 말도 하지 못할까. 아마 나를 때린 애들도 다 잘 살겠지. 그런 생각을 하면서.

유정도 똑같겠지. 힘들겠지. 나라도 편을 들어 줘야지. 속으로 되뇌며 복도를 걸었다. 3401호에 다다라 카드 키를 인식하고 문을 열었다. 그리고 깜짝 놀라서 짧게 고함을 질렀다. 현관에 유정이 우두커니 서 있었다. 아직 교복 차림이었다. 학교에서 돌아온 지 얼마 되지 않은 모양이었다.

"깜짝이야. 왜 그러고 서 있어?"

"저 부탁할 게 있어요."

"뭔데?"

유정이 아민의 얼굴을 똑바로 올려다보았다.

"학부모 상담 주간이래요. 그 사람들을 불러야 된대요. 싫어요. 그러니까 쌤이 대신 가 줘요. 그래 줄 수 있어요?"


*


3월 마지막 날의 교무실은 조용했다. 사람들이 바삐 타자 치는 소리만 들릴 뿐이었다. 간간이 아민처럼 상담하러 온 이들이 교사와 이야기를 나누는 소리가 섞였다. 대부분 환담이란 단어로 표현될 만한 분위기였다. 아민과 유정의 담임 사이만 제외하면.

유정의 담임이란 남자는 당황하고 성난 기색을 숨기려 들지 않았다. 존댓말도 하지 않았다. 제아무리 과외 선생이라 하더라도 저보다 훨씬 어리다 이거였다.

"애가 부탁한다고 해서 그걸 들어주면 되나. 아니, 그리고 솔직히 걔가 애도 아니고."

"지금 같이 사는 사람은 전데요. 아세요?"

담임은 대답하지 않았다. 아는지 모르는지 아니면 관심조차 없는 건지. 아민은 유정의 능력을 빌어 저이의 속내를 들여다보고 싶다고 생각하다가 마음을 돌렸다. 들어서 좋을 게 없을 것 같다. 기분만 나빠지겠지.

"그럼 이왕 오셨고, 나도 다시 시간 따로 잡아 드리기 힘드니 설명드릴게."

담임은 마치 브리핑이라도 하듯 말이 빨라졌다.

"뭐, 아마 걔한테 속아서 잘못 안 부분도 있을 텐데, 부모님이랑은 이야기 다 된 거니까 알고 계시고."

성은 유, 이름은 정. 영어 유치원과 사립초, 국제중 루트를 탔으나 극심한 조울 증세를 보여 학교의 권유로 자퇴했다. 이후 외국으로 유학을 떠났지만 그곳에서도 적응하지 못했다. 그래서 다시 한국으로 돌아와 중학교 검정고시를 보고 고등학교에 입학했다.

학교에 입학하고 나서는 동급생들이 형으로 대우해 주고 살갑게 굴려 했으나 오히려 본인이 과한 방어 행태를 보여 요주의 대상이 되었다. 지금은 수업 시간에도 돌발 행동을 일삼아 교사들이 불안해하고 있다. 입학한 지 한 달도 되지 않았는데 주변 모두가 그 애를 참아 주고 있는 것을 아느냐. 아이 부모가 학교 재단에 발전 기금을 쾌척해 입학시키긴 했으나 사고가 터지기 전에 무언가 조치를 취해야 한다…….

"돌발 행동이…… 뭔데요?"

아민은 명확한 의미를 알고 싶었다. 그런 종류의 단어일수록 더 정확하게 쓰이고, 또 들려야 한다고 믿었다.

무슨 일이 있었는지 담임이 주섬주섬 설명했다. 그러나 전모를 다 들어도 무엇이 유정의 잘못인지 아민의 이해력으로는 알 수 없었다. 아이들은 이미 유정을 권력관계의 최하층에 집어넣었다. 상층 아이들이 유정을 싫어하기로 작정한 이상, 누구도 유정이 보이는 호의나 자기 마음을 읽는 듯한 말에 긍정적으로 반응해서는 안 됐다. 교사들도 마찬가지였다. 그들은 수업에 들어가기 전부터 유정을 일종의 짐으로 상정했고, 수업 시간에 자기 생각을 파악한 듯 구는 유정을 건방지다고, 유정의 영민함을 권위에 대한 도전이라고 낙인찍었다.

아민은 자신이 이해한 그대로를 유정의 담임에게 말하고 싶었다. 그러나 이상하게도, 입이 떨어지지 않았다. 그 옛날, 아무 일도 없었던 것 아니냐고, 네가 잘못한 것 아니냐고 묻는 담임 앞에서 아무런 대답도 하지 못했던 것처럼.

아민이 미적거리고 있는 동안 쉬는 시간 종이 울렸다. 용무가 있는 듯 교무실에 들어온 몇몇 애들이 아민을 힐끔거리며 저들끼리 수군거렸다. 아민은 그 눈빛을 잘 알았다. 그런 애들의 말투도 잘 알았다.

흔해서 교묘한 혐오.

그 수군거림 덕에 아민은 입을 열 수 있었다.

"저는 지금까지 선생님이 하신 말씀에 하나도 동의 못 하겠습니다. 유정이 누굴 괴롭혔나요? 수업을 방해했나요? 그저 골치가 아프니 꺼지란 거 아닌가요?"

수업 시작 종이 친 후, 아민은 교무실을 나왔다. 담임은 아민에게 인사조차 제대로 하지 않았다.

복도를 걸었다. 걸을 수 있었다. 실은, 이것보다 훨씬 힘들 거라고 걱정했다. 학교란 곳에 오면 과거에 당한 것들이 생각나서 숨이 안 쉬어지지 않을까, 식은땀이 나고 공포심에 사로잡혀 한 발짝도 내딛지 못하지 않을까, 하고 무서운 상상을 했는데 막상 닥쳐 보니 견딜 수 있었다. 이상했다. 도망치듯 그만둘 땐 그렇게나 몸이 떨리고 눈물이 났는데.

어쩌면 누군가의 보호자라는 위치 때문일 수도 있다. 지금 아민은 아민이 아니라 유정의 보호자로서 유정의 편을 들어 주기 위해 이곳에 왔고, 보호자는 절대 쓰러지면 안 되니까.

유정은 지금 뭘 하고 있을까? 아민은 궁금해졌다. 유정의 이번 교시 수업이 체육인 것을 알고 있었다. 체육이라면 훔쳐보기 쉬울 것 같아서 일단 본관에서 벗어나 수위가 눈치채지 못하게 재빨리 강당 쪽으로 향했다.

강당 문은 열려 있었다. 안쪽에서 끽끽대며 운동화들이 바닥에 끌리는 소리가 났다. 아민은 열린 문으로 고개를 쭉 넣어 보았다. 보란 듯 걸어 들어가 불청객이 될 용기는 없었다.

남학생들이 농구공을 튕기고 있었다. 유정과 같은 반이라면 아민과 동갑일 터였다. 아민은 남자애들의 얼굴을, 팔다리가 움직이는 모습을, 서로에게 소리치고 웃고 욕하는 광경을 멀거니 바라보았다. 청춘 드라마나 스포츠 영화에서 활기찬 남학생들의 전형으로 나올 것만 같은 장면이었다.

유정을 찾아보았다. 뛰는 애들 사이엔 없었다. 한참을 둘러보니 비로소 그의 모습이 눈에 들어왔다. 멀대 같은 애들 너머 바닥에 앉아 있는 유정은 그 옆에 앉은 누군가와 이야기를 나누고 있었다. 그래도 친구가 아예 없진 않은가 보다. 아민은 안심했다.

그때 누군가가 외쳤다.

"야! 패스 연습 하자!"

그러더니 유정에게 달려들어 억지로 일으키고, 유정과 붙어 있던 아이를 떼어 냈다.

"패스 연습 하자고!"

그 애의 말에 아이들이 일제히 모여들었다. 유정은 힘없이 강당 가운데로 떠밀렸다. 애들이 유정을 중심으로 원을 그리며 섰다. 공을 든 아이가 넷, 나머지는 빈손이었다. 유정 옆에 있던 아이도 원에 슬그머니 끼어들었다.

한 아이가 호루라기를 입에 물고 불었다. 강당 안에 삑 소리가 울려 퍼지자 아이들이 유정을 향해 동시에 공을 던졌다. 유정은 피하려 했지만, 공 네 개를 모두 피하는 것은 불가능했다.

"아니, 씨발, 왜 피해? 받으라니까!"

목소리가 가장 큰 아이가 소리치더니 이어 외쳤다.

"받으라고! 내가 어디로 던질지 다 알잖아!"

다시 호루라기 소리가 울렸다. 그 애가 유정의 머리를 향해 공을 던졌다. 유정은 본능적으로 눈을 감았다. 공이 엑스 자로 얼굴을 막은 유정의 팔을 세게 쳤다.

하나를 어찌어찌 받으면 세 개를 놓쳤다고 욕을 먹고, 공을 피하면 피구를 하냐며 조롱받았다. 애들은 와글거리며 신나게 공을 던졌다. 그리고 마지막 공은 유정의 얼굴을 그대로 강타했다. 호루라기를 불던 아이가 던진 공이었다.

그 애가 발치에 침을 뱉고서 소리쳤다.

"마음을 읽는다며? 뇌가 사이보그라며? 씨발, 그럼 이것도 받아야 할 거 아니야!"

아민은 그 광경이 끔찍해서, 자신이 겪은 일과 너무 똑같아서 심장이 두근거리는 줄 알았다. 그러나 그 장면을 못 본 척하며 비틀비틀 체육관을 벗어나 걸을 때, 수위실을 지나쳐 교문을 나설 때, 엄마의 병원으로 가는 버스를 반대로 탔다는 것을 다섯 정거장이나 지나서야 겨우 깨닫고 내렸을 때, 아민은 자신의 몸이 떨리는 이유가 그게 아니란 사실을 알아챘다.

유정이 제 비밀을 자신에게만 털어놓은 줄 알았기 때문이었다. 마음을 읽는다는 것, 실험을 당했다는 것. 기분이 이상했다. 유정에게 자신이 그리 대단한 사람도 아닌데, 그리고 서로 친해지기도 전에 이미 그 비밀을 들었고 심지어 믿지도 않았는데, 왜 이상하게 심장이 쿵쾅거리고 입이 마르는지 모를 일이었다.

*

날이 내내 흐리더니 병원에서 나올 때쯤부터 3월답지 않은 비가 억수같이 쏟아졌다. 아민보다 조금 늦게 병실에 도착한 유정은 우산이 없어졌다며 비를 쫄딱 맞고 왔다. 나한테 연락하지. 아민이 말하자 상담도 가 달라고 했는데 심부름까지 시키면 양심이 없죠, 하며 고개를 저었다. 그러더니 기침을 하기 시작했다.

"감기 걸릴 텐데."

"엄청 매운 라면 먹고 싶어요. 그럼 풀릴 거 같다."

"컵라면 먹을래?"

"말고요. 봉지 라면."

호텔방에는 취사도구가 없었다.

"나가서 먹어야겠네. 샤워하고 나와. 같이 먹으러 가자."

우산이 하나밖에 없었으므로 둘은 꼭 붙어 한 우산을 함께 썼

110

다. 키가 더 큰 아민이 우산을 들었다. 호텔 근처에서 분식집을 본 기억이 있어 그쪽으로 천천히 걸었다. 조심하려 했지만 결국 양말까지 흠뻑 젖고 말았다.

도착해서 라면을 한 그릇씩 시켰다. 그러고는 음식이 나올 때까지 둘 다 입을 꾹 다물고 아무 말도 하지 않았다. 다행히 분식집 안에는 사람이 많았다. 그들은 밖에서 몰아치는 빗소리를 덮을 만큼 크게 떠들어 댔다.

배가 고팠던 아민은 음식이 나오자마자 해치웠다. 그러나 유정은 마치 라면 면발이 몇 가닥인지 세듯이 천천히 먹었다. 자신이 먹으러 나오자고 했으면서 전혀 먹고 싶지 않은 사람처럼. 젓가락질보다 기침하는 횟수가 더 많았다.

유정이 남긴 라면의 면발이 불어 터질 때까지 둘은 아무 이야기도 나누지 않았다. 아민은 속이 시끄러워 잠시 눈을 감고 있었다. 유정의 담임과 나눈 대화나 강당에서 본 장면들 그리고 엄마가 했던 말들이 머릿속에서 마구 뒤엉켜 불어나고 있었다. 유정이 이 마음을 다 읽을 텐데. 아민은 생각했다. 속상하겠지. 그런 모습은 누구에게도 보여 주고 싶지 않을 테니까. 내가 그랬듯이. 그래서 언제나 괜찮은 척했듯이.

마음을 읽을 수 있으니 상담 내용에 대해 물어보지 않는 것이리라 아민은 짐작했다. 그러나 강당에서 본 장면을 모른 척할 수는 없었다. 그런 괴롭힘이 지속된다면 반드시 누군가가 나서서

보호해 주어야 했다. 옛날의 자신이, 그리고 지금의 자신이 내내
바라 온 것처럼.

"있지, 내가 학부모 상담 끝나고 가다가……."

그러자 유정이 손을 번쩍 들어 아민의 말을 막았다.

"하지 마요, 말."

"왜?"

"알고 싶지 않아서 밖으로 밥 먹으러 나온 거니까."

"엉?"

"사람이 많으면 생각들이 다 섞여 들리니까, 쌤 생각도 안 들린
단 말이에요. 그래서 일부러 여기 온 거라고요. 이 근처에서 제일
사람 많은 식당이 여기라서."

아민은 유정을 가만히 바라보았다. 작은 우산을 둘이서 함께
쓰느라 둘 다 조금씩 비를 맞았다. 그러나 눈가에도 비가 들이쳤
던가? 아마 그랬던 모양이다. 그렇지 않다면 왜 유정의 속눈썹에
물방울이 붙어 있단 말인가?

"어차피 호텔 가면 조용해져서 다 들릴 거……."

아민이 말했다. 유정이 상담 내용을 조금이라도 더 늦게 알고
싶어서, 단 삼십 분이라도 미루고 싶어서 이러는 거란 생각이 들
었다. 게다가 강당에서의 일도 있었으니. 물론 아민이 그 광경을
보았을 거라고 생각하진 못할 테지만…….

"그럼 호텔 가지 말아요."

유정이 대답했다. 뭐? 아민이 되묻자 유정은 다시 말했다.

"호텔 가지 말자고요. 오늘만요. 어차피 내일 토요일이잖아요. 계속 밖에서 놀면 안 돼요? 완전 피곤할 때까지. 아침에 들어가서 바로 뻗을 정도로. 그러고 나서……."

유정은 티셔츠 소매를 걷었다. 아민은 유정의 팔 여기저기에 멍이 든 것을 그때 비로소 보았다.

"그러고 나서 얘기해요. 하루 정도는 모르게 해 줘요."

"그거 회피 아닌가. 스무 살이나 먹어서는……."

제발요. 유정이 말했고, 아민은 내키지 않으면서도 고개를 끄덕였다.

"그나저나 비가 이렇게 올 줄 몰랐어요. 벚꽃 보러 가고 싶었는데."

유정의 난데없는 말에 아민은 놀랐다. 벚꽃을?

"저 사실 옷도 좋아하고 사진 찍는 것도 좋아하는데, 절 찍어 줄 사람이 없어서 지금껏 못 갔어요."

유정이 옷을 좋아하는 것은 당연히 알았다. 옷장이 그렇게 터질 것 같은데. 가끔씩 슬그머니 아민의 코디에 훈수를 두기도 했고. 또한 사진을 찍어 줄 사람이 없는 것도, 어쩌면 그것도 아민은 쉽게 알아챌 수 있었다…….

"쌤도 옷 뭐 입으면 좋을지 내가 코디 다 해 놨는데. 근데 비가 와서 피기도 전에 다 떨어지는 거 아닌가 몰라요."

"아직 안 피지 않았나? 벚꽃은 4월 초쯤 피는 거 아닌가?"

"그럼 꽃이 피기 전에 비가 많이 오는 건 꽃 피는 거랑은 상관없는 거예요?"

아민은 알지 못했다. 한 번도 벚꽃 같은 것에 신경을 쓴 적이 없었으니까. 다만, 유정이 무언가를 하고 싶다고 말한 것이 처음이어서, 그리고 그곳에 아민의 자리가 마련되어 있어서, 그래서 만약 꽃이 피지 않는다면, 그건 너무 가혹하고 잔인한 일이라는 생각이 퍼뜩 들었다.

이 정도는 누릴 수 있지 않은가. 쟤도, 나도.

"무슨 옷인지 안 궁금해요?"

"궁금해."

유정이 휴대폰을 꺼내 사진을 보여 주었다. 침대 위에 얇은 니트와 청바지를 사람 형태로 올려놓은 모양새였다. 양말과 모자까지 제자리에 곱게 놓여 있었다.

"청바지는 안 맞잖아."

아민의 말에 유정이 웃었다.

"청바지는 산 거예요. 기장 긴 걸로."

"왜?"

"쌤 생일, 3월 2일이잖아요."

"어떻게 알아?"

"첫날 봤을 때부터 알았죠. 생일인데 우울한 생각만 하고 있었잖아요. 그리고 그거, 상담 말이에요. 저, 사람 부당하게 부려 먹는 놈 아니에요. 이건 상담 가 준 보답이에요. 늦은 선물은 주고받는 거 아니라고들 하는데, 전 그런 미신 안 믿어요."

밖에 나오니 비는 그쳐 있었다. 좌우지간 둘은 '나가떨어질' 때까지 가장 시끄러운 공간만을 찾아다녀야 했다. 사람이 바글바글한 카페에서 뜨거운 커피를 마신 후 코인 노래방에 가서 두 시간이나 보냈다. 그다음엔 피시방이었다.

코인 노래방도 피시방도 아민은 처음이었다. 유정이 하는 양을 보아하니 마찬가지인 것 같았다. 둘은 간주 점프 기능을 알지 못해 반주를 통으로 견디며 노래를 했고, 피시방에서는 할 줄 아는 게임이 없어 하릴없이 인터넷 뉴스나 뒤적였다. 그마저도 열 시가 되자 주민 등록증 검사를 하는 바람에 짐을 챙겨 나와야 했다.

가게들은 하나둘씩 문을 닫았고, 거리는 빠르게 어두워졌다.

"아직 하나도 안 피곤한데……."

유정이 말했다. 어딜 가야 밤늦게까지 시끄러울까. 유정은 서울에 대해 아는 바가 없을 테고, 아민 역시 아무리 머리를 싸매고 고민해도 답이 나오지 않았다. 평생 서울에서 살았지만 학교와 집만 오갔으니까. 누군가가 자신을 괴롭힐까 두려워 집에서 나오지 않는 날도 많았으니까.

아, 하나 생각났다.

"……우리 학교."

"네?"

"우리 학교 근처로 갈래? 늦게까지 시끄러운데. 다 술 마시고……
노래 부르고 싸우고 토하고…… 그래서."

"아."

"보기는 싫지. 그런데 시끄러울 건 확실해. 그리고 내가 어려서
술집엔 들어가지도 못할 테니까 내내 걸어 다녀야 하거든. 엄청
피곤해서, 남의 생각 같은 건 읽지도 못하게 될 거야."


아민은 맹세코 그날 과 단체 술자리가 있다는 것을 알지 못했
다. 과 단톡방을 나온 후로 과 생활 전반에 아예 관심을 꺼 버렸기
때문이다. 덜 상처 받기 위해서. 그들이 원한다면 꺼져 주겠단 입
장이었다. 어차피 공부만 잘하면 그만이라고, 자신의 미래에 과
사람들의 인정이나 평가 따위 아무 상관없다고 스스로 최면을 걸
어 왔었다.

"야! 뭐야, 성아민!"

대학가 골목을 한참 걷고 있는데 어디서 고래고래 아민을 부르
는 소리가 들렸다. 얼큰히 취한 과 사람들이었다. 벌써 2차를 마
치고 3차를 하러 가는 길이라고 했다. 낯선 얼굴의 신입생들이 불
콰해진 얼굴로 서로를 지탱한 채 비틀거리고 있었다. 아민은 어
영부영 인사를 하고서 서둘러 유정을 끌고 그곳을 지나치려 했으

나, 과 대표의 손에 팔이 붙들렸다. 옆에 있는 친구는 누구야? 라는 질문에 과외생이요, 라고 대답하지 말았어야 했는데.

그 과외생? 호텔 과외? 벼락같이 외치는 소리에 모두가 환호성을 지르며 유정을 잡아끌었다.

"와, 씨발, 부자다!"

"형님, 그렇게 돈이 많으시다면서요? 아, 돈 많으면 다 형님이죠. 형님, 저희랑 한잔하시죠!"

처음 보는 사람에게, 그따위로. 아무리 취했더라도.

뭐 하는 거예요, 고등학생한테. 그렇게 말한 아민이 손들을 떼어 내려 하자 누군가가 토를 달았다. 스무 살이라며! 네가 다 얘기했잖아. 또 누군가는 건들거렸다. 외국 유학 갔다 오셨다면서. 한국식 술자리 해 본 적 있어요? 소맥 마셔 봤어요? 우리가 가르쳐 줄 수 있는데!

"애새끼들이랑만 놀려니 얼마나 답답하겠어. 고딩이나 과외 쌤이나."

그 말에 마침내 아민이 발끈했다. 얼른 가자, 라고 말하며 유정의 팔을 끌어당겼다. 그러나 유정은 물었다. 같이 놀면 안 돼요?

"난 같이 못 놀아. 나이가 안 돼서. 그리고 내가 네 보호자니까, 너도 같이 못 놀아."

보호자? 뭐라는 거야? 과 사람들이 낄낄대며 아민의 등을 세게 쳤다. 여자 동기 하나가 유정에게 어깨동무를 하고 그의 귀에 대고 뭐라 속삭였다. 유정이 실실 웃었다. 믿을 수 없었다.

미쳤어? 아민은 속으로 외쳤다. 저 사람들이 네가 궁금하고 좋아서 저러는 것 같아? 그냥 취해서, 웃겨서, 안줏거리로 써먹으려고 그러는 것뿐이라고! 너는 또 상처받게 될 거라고! 다 알면서 왜 웃기만 해? 쟤들이 무슨 생각을 하고 있는지 다 알면서, 왜!

아민은 유정의 손을 힘껏 잡았다. 아민보다 손가락 마디가 하나씩은 작은 손이 덥석 딸려 들어왔다.

"가자고."

아민은 유정의 눈동자를 들여다보았다.

"벚꽃 보러 가야 되잖아. 4월 초래. 내일이야. 내일 펴. 너 내 생일 선물도 줬잖아, 내일 벚꽃 보러 가야 한다고. 벚꽃 같이 보러 가는 것도 늦은 생일 선물로 줘."

둥근 눈동자. 아민이 누군가의 눈동자에 비친 자기 모습을 본 것은, 그걸 볼 수 있을 정도로 오래, 똑바로 타인의 눈을 바라본 것은 그때가 처음이었다.

그러나 유정은 말했다.

"저 상담 내용 안 듣고 싶으니까, 여기서 놀다가 들어갈게요. 자고 일어나서 점심 먹고, 그러고 나서 놀러 가요. 나 그 정도 체력 돼요. 고딩이잖아요. 쌩쌩하잖아요."

*

4월 1일 자정, 유정은 아민에게 아민의 생일에 만나 기뻤다는 메시지를 보냈다.

그리고 4월 1일 새벽 다섯 시, 대학교 캠퍼스 보도 위에서 발견되었다. 현장에는 유정 외엔 아무도 없었다.

경찰의 연락을 받은 것은 아민이었다. 유정의 휴대폰에 아민 외엔 누구의 번호도 저장되어 있지 않았기 때문이었다. 메시지를 나눈 사람도, 통화를 한 사람도 아민 외엔 거의 없었다.

경찰관이 아민에게 말했다.

"전형적인 대학생 주취자 사망 케이스예요. 캠퍼스에서 봄만 되면 심심찮게 일어나지. 다들 잘 모르지만."

유정은 투신했다고 했다.

아민은 두 손을 늘어뜨리고 멍하니 서 있었다. 믿을 수 없었다. 이유를 찾을 수 없었다. 왜 아무도 유정을 챙기지 않았는지에 대해서. 왜 유정이 집에, 아니, 호텔에 들어가는 것을 그 누구도 봐주지 않았는지에 대해서.

처음 보는 사람이었는데. 이제 겨우 고등학교에 들어간 신입생이었는데. 스무 살이라 해도, 아주 작고 마르고 세상에 대해 아는 것 하나 없는 어린애였는데. 더 어린 아민에게 내내 존대를 하던.

"과외 선생이시면 부모 번호 아시겠네?"

아민은 주머니에 있는 휴대폰을 한참 만지작거리다가 천천히 꺼낸 뒤 번호를 하나하나 일러 주었다. 경찰관은 번호를 적고는 어디론가 휘적휘적 걸어가더니 지퍼 백 하나를 가져왔다.

"그리고 사체 옆에 이게 떨어져 있었는데…… 카메라 메모리 카드 같기도 하고."

경찰관이 지퍼 백을 흔들었다. 표면에 핏자국이 그대로 남아 있는 작은 칩이 담겨 있었다.

아민이 입을 열었다.

"투신이라고…… 하셨죠?"

"네."

"그럼 머리가 터졌겠네요."

경찰관이 눈가를 찌푸리며 아민을 바라보았다.

아민은 그를 똑바로 보며 속으로 중얼거렸다.

유정은 거짓을 말한 적이 없어.

"머리에서 나온 거겠네요."

그러자 경찰관은 팔짱을 끼더니 대답했다.

"주머니나 그런 데 있다가 튕겨져 나온 거겠지요."

오 분 후, 아민은 경찰서에서 나왔다. 바지 주머니에는 칩이 담긴 지퍼 백이 들어 있었다.

경찰이 나를 쫓아올까? 증거물을 훔쳤다고? '그 사람들'이 나를 고소할까? 과외생을 제대로 관리하지 않았다고?

이마에서 땀이 뚝뚝 떨어졌다. 자꾸만 진동이 울리는 것 같아 몇 번이고 주머니에서 휴대폰을 꺼냈다. 아무 연락도 없었다. 다섯 걸음을 걸을 때마다 휴대폰을 보았다. 아무런 알림도 오지 않았다.

내가 다른 생각을 할걸. 시끄러운 곳에 가야 한단 생각을 하지 않아도 되게 조금만 노력할걸. 그럼 아무 일도 일어나지 않았을 텐데. 오늘 아침에 일어나서 함께 밥을 먹고, 준비한 옷을 입고서 벚꽃을 보러 가고, 또 더 많은 이야기를 나눌 수도 있었을 텐데…….

그렇게 생각하다가, 그 모든 계획에 자신의 노력은 한 방울도 필요하지 않다는 사실을 깨달았다. 모든 노력은 유정이 하는 것이었다. 아민은 그저 유정이 다른 '생각'을 읽도록 하면 됐다. 그가 상처받지 않도록, 잠시만 그의 편이 되어 주면 됐다. 아주 잠시만 유정을 완벽히 믿으면 되는 것이었다.

겨우 그걸 못 했다.

아민은 휴대폰을 들었다. 이번엔 진짜 진동이었다. 알림이 와 있었다. 돈이 입금되었다는 은행 앱 알림이었다. 확인해 보니 0이 아주 많이 붙어 있었다. 한눈에 얼마인지 알아챌 수 없을 만큼.

아스팔트 바닥에 휴대폰을 집어던지려 했다. 그러나 마지막 순간 멈칫했다.

호텔에 갈 수 없을 거라 생각했다. 내 물건 따위 다 버려도 좋다고 중얼거렸다. 그러나 택시를 불러 호텔 이름을 말했다.

아민은 3401호에 들어가서 배낭을 열고 몇 개 되지 않는 자신의 물건들을 쑤셔 넣었다. 어차피 한 달 동안 늘어난 물건도 변한 물건도 없다. 다 그대로다. 바뀐 건 하나도 없었다.

객실을 나서다가 다시 돌아서서 옷장을 열었다. 청바지들을 마구 꺼냈다. 그러나 다 그게 그거 같았다. 유정이라면 색이나 워싱만 보고도 전부 구분할 수 있었겠지만, 아민은 할 수 없었다. 찾아낼 수가 없었다. 무엇이 자신을 위한 선물인지, 자신이 오늘 무엇을 입고 나갔어야 했는지.

*

유정의 사망은 기사화되었다. 부모가 TV에 자주 나오는 과학자 부부이기 때문에. 집에 TV를 가진 적이 없던 아민은 전혀 모르던 얼굴들이었다.

'사랑으로 키운 입양아의 죽음'이란 타이틀에 사람들은 '슬퍼요'를 눌렀다. 왜 그 고등학생은 대학가에서 술을 그렇게 마셔야 했는가? 부모는 모를 테지만 묻지 않았다. 왜 그 고등학생은 안전한 가정에 머물 수 없었는가? 아민은 몰랐지만 묻지 않았다. 왜 그 고등학생은 투신했는가? 모두가 쑥덕거렸으나 아무도 몰랐다. 어떤 것들은 그냥, 그렇게 사라진다.

유정의 부모에게서는 아무 연락도 오지 않았다. 아민은 휴대폰

을 길에 던지지 않은 것을 다행으로 여겼다. 새 휴대폰은 아민에
겐 항상 너무 비싸니까.

*

스무 살이 되던 해 3월 2일, 아민은 무지하게 아픈 생일을 보냈
다. 일주일이나 고열을 앓은 후 한 달을 더 기침했다. 숨을 크게
들이마실 수 없었다. 마스크를 쓰고 다녔지만, 기침을 하다 보면
어느새 사람들이 그를 피해 다녔다. 엑스레이를 찍어 보았으나
폐에는 문제가 없었다. 알레르기 검사도 했지만 멀쩡했다. 이게
무슨 일이라니. 엄마는 걱정하며 매일 도라지차를 끓여 주었다.

기침을 참으며 학교를 오갔다. 어차피 졸업 학년이므로 자주
갈 필요는 없었다. 논문만 준비하면 됐다. 아민은 벚나무 길 위에
서 제 팔뚝에 대고 무섭게 기침을 하며 스스로가 부끄럽다고 생
각했다. 이젠 성인이 되었는데, 콧물이나 흘린다고.

그 밤에, 그때 성인이었다면 좋았을 텐데.

그래도 아민은 잘 살았다. 이제 곧 한 시절을 끝맺을 시간이 온
다. 교수와 상의한 후 자대를 떠나 더 훌륭한 대학원에 지원하기
로 했고, 붙는다면 다시는 과 사람들과 만날 일도 끔찍한 캠퍼스
에 발을 디딜 필요도 없을 거다. 엄마가 새로 얻은 직장은 예전 직
장보다 퍽 좋아서, 엄마는 그 사고를 전화위복이라 말하기도 했

다. 새 방을 구하는 과정은 조금 고됐지만 화재 보험금이 나왔고, 무엇보다 아민이 번 돈으로 그간의 병원비와 꽤 오랫동안의 생활비를 충당할 수 있었다.

약한 조울 증세가 생기는 바람에 가끔 병원에 가긴 했다. 병원을 한 번 바꾸기도 했다. "왜 걔는 갑자기 모르는 사람들을 따라갔을까요?"라는 물음에 "때마침 조증이 왔나 보죠" 하고 시큰둥하게 대답한 담당의 때문이었다. 그 말을 들은 아민이 의사의 얼굴을 향해 명패를 집어던지는 바람에 조금 소동이 일긴 했지만, 병원을 옮기는 것으로 쉽게 마무리되었다. 다행이었다.

요샌 그거 다 현대인의 감기라고들 하니까, 딱히 걱정할 건 없었다.

현대인의 감기라고 하니까.

아민의 경우엔, 따뜻한 봄에 적응하지 못하는 사람들이 걸리는 감기.


3월은 금방 지나갔고 벚꽃도 거짓말처럼 빠르게 졌다. 그래도 여전히 피어나는 다른 꽃들이 있었고 세상 사람들은 뭉쳐서 여기저기 잘도 놀러 다녔다. 그러나 무슨 꽃이든 그따위 것을 보러 갈 일은 예전에도 없었으며 앞으로도 없을 거라고, 아민은 생각했다. 할 일이 아주 많으니까. 그 칩이 무엇인지 스스로 분석할 수 있게 되려면 공부해야 할 게 너무너무 많았다.

어딜 가져가도 고객님, 이건 메모리 카드예요, 라는 답만 얻을
뿐이었지만, 절대 메모리 카드 같은 것일 리가 없다.

가끔 공부가 아주 힘들 땐 과 건물 옥상에 올라가 아래를 내려
다보았다. 그러면서 바지 주머니 속의 칩을 만지작거렸다.

봄은 하나도 시작하지 않은 것 같았다.

나는 대학교에 합격하자마자 등록금과 생활비를 벌기 위해 과외 시장에 뛰어들었다. 그리고 졸업할 때까지 단 한 번도 과외를 쉰 적이 없다(전공이 수학 교육이라 수요가 넘쳤다). 모르긴 몰라도 나를 거쳐 간 과외생이 마흔 명은 가뿐히 넘을 것이다. 하루에 다섯 집을 떠돌며 열 시간 동안 수업을 한 적도 있고, 서울 서남쪽에 있는 학교에서 경기도 구리시까지 오간 적도 있다. 지금처럼 앱으로 지도를 볼 수 있기는커녕 스마트폰도 보급되어 있지 않던 때였다(어떻게 길을 잃지 않고 시간 맞춰 다녔는지 기억이 안 난다).

세상에 눈먼 돈이 참 많단 것도, 그 돈이 눈머는 과정에서 불현듯 아픈 상처를 입는 어린 영혼들이 많단 것도 그때 처음 알게 되었다. 나는 내가 받는 돈만큼의 가르침을 학생에게 주고 있는지 내내 회의했는데, 가끔은 그 가르침을 학생들이 원하지 않는다는 사실도 느끼곤 했다. 공부는 필요 없으니 제발 내 이야기를 들어만 달라는 아이들이 생각보다 많았다.

당시의 조각난 경험들이 모여 「메모리 카드」를 만들었다.

「메모리 카드」의 두 주인공에게 나는 너무나 못되게 굴었다. 이야기 마지막에 유정이 죽지 않았으면 좋겠다는 동료 작가님들의 평을 받기도 했다. 그러나 나는 어린 시절을 생각했다. 누군가 죽는 이야기를 그토록 좋아했던 날들을.

때로 진짜 세계에서의 슬픔과 비극은 또 다른 슬픔과 비극으로만 위로될 수 있다. 그러니 그 위로의 수단을 가상으로 만들어 낼 수 있다면, 그리하여 현실의 눈물을 덜어 낼 수 있다면, 그게 내가 해야 할 일이라고 생각했다.

나는 이제 굶어 죽는 한이 있어도 과외는 절대 하지 않겠다고 말하고 다니곤 한다.

박
에
스
더

기억에 남는 글을 쓰기 위해 노력한다. 『미카엘라: 달빛 드레스 도난 사건』으로 비룡소 마시멜로 픽션 대상을 수상하였으며 『영매 소녀』 『정원의 계시록』 『벽사아씨전』 등 다양한 소설을 집필하였다.

내일이면 나는 열아홉이 된다.

정말 간만이다. 사실, 솔직히 말하면 내가 아니었으면 했다. 열아홉은 너무 불안정하고 위험하고 또……

아름다우니까.

깜박이는 한 번의 시선, 들려오는 나지막한 목소리, 혹은 쏟아지는 햇볕 한 줌에도 흔들릴 수 있는 첫 마음들이 차고 넘치는 때니까.

그것들은 잡으려 하면 손가락 사이로 와르륵 빠져나가면서, 막상 들이마시는 숨결에는 가득 녹아 있다. 그런 나이가 된다는 것이 썩 내키지만은 않았다.

나는 하얀 옷소매를 괜히 슬쩍 만져 보았다. 예전 스타일대로 각이 잡히게 다림질한 옷자락을 쥐자 지나간 과거의 어느 때가

혹 기억나고 말았다.

오래된 교실. 군데군데 앉아 있는, 이제는 이름도 기억나지 않는 친구들.

숨을 한 번 들이쉬니 그 시간들이 내 안으로 고스란히 밀려들어 왔다. 가장 짙은 색채와 밀도 넘치는 시간과 아름답지만 의미 없는 마음들을 꾹꾹 눌러 담던 그때.

개학 날에 맞춰 만들어진 교복은 춘추복이라고 부른다. 물론 이 단어도 사장되어 쓰지 않게 된 지 오래다. 지금은 계절이나 적절한 때라는 게 의미가 없어진 시대니까.

특별한 경우엔 날씨가 바뀌긴 하지만, 대부분의 콜로니(우주 거주선)는 사시사철 온난한, 살기 좋은 기후를 가지고 있다. 그래서 온도 변화에 따라 옷을 갖출 필요가 없다.

"그에 비하면……."

거울에 내 모습을 비춰 보았다. 긴 와이셔츠에 넥타이와 조끼가 갖춰진 춘추복, 반소매와 반바지로 이루어진 하복 그리고 춘추복 위에 도톰한 블레이저 재킷까지 걸치는 동복.

지구의 옷들은 다 각자의 의미와 쓰임새가 있다.

지구는 내가 그동안 관념적으로, 습관적으로 넘겼던 것들이 모두 진짜로 존재하는 곳이다. 그러니 그곳에서는 옷을 갈아입을 때면 계절과 시간의 흐름을 인식할 수 있었을 거다. 아, 올해도 벌써 시작이구나. 반절이나 지났네? 다시 추워졌어. 하지만 또 봄이

오겠지. 이런 식으로. 그래서 시간이 순환한다고 생각했을 것이다. 사실은 전혀 순환하는 게 아닌데도.

지나가 버린 시간은 절대 다시 오지 않는다. 지금 이 순간, 지금 이때뿐이다.

하지만 오래전 지구인들은 생일도 계절도 돌아온다고 생각했고 모든 인연도 다시 만날 수 있다고 믿었다.

빙글빙글, 끝도 시작도 없는 원처럼.

배지가 목덜미에서 빛났다. 펄럭이는 커다란 칼라 자락을 잡아주는 이 금속 배지는 동그란 원 모양이다.

교복 색은 흰색과 짙은 청색으로 이루어져 있다.

"청색이라."

청색은 본디 죽음을 뜻하는 불길한 색상이었다가 어느 순간 성모 마리아를 뜻하는 색이 되면서 곧 어떤 색보다 성스러운 의미를 가지게 되었다고 한다. 이 색의 역사와 의미는 알고 있지만, 이 학교에서 왜 교복에 청색을 넣기로 했는지는 알 수 없었다. 어쩌면 그저 당시 교장이 선호하던 색이었을 수도 있고, 학생들의 투표로 결정된 것일 수도 있다.

그러나 짙은 바다색을 닮은 푸른색을 보자 이 색이어야만 하는 이유가 꼭 있을 것만 같았다. 예를 들어 교복을 입은 채 뛰면 목덜미 근처에서 세일러 칼라가 흔들리는 모습이 넘실거리는 푸른 파도처럼 보인다든가.

"넘실거리는……."

자연스레 그 광경이 떠올랐다. 누군가의 새하얀 목덜미 아래에서 바람에 의해 넘실대는 짙푸른 파도를.

순간, 파도가 나를 덮쳐 왔다. 밀려온다.

"아."

나도 모르게 눈을 감았다. 진짜 파도가 아니라는 걸 알면서도. 차가운 파도 대신 나를 덮친 것은 아득한, 그리움.

뭐지. 이게 뭐더라?

그리워할 게 없는데도 그 기분만큼은 명확했다.

마음과 몸을 쓸고 나가는 아련한 파도의 끝자락. 셀 수 없이 많은 모래 알갱이와 조개껍질과 발자국 들을 전부 쓸고 지나가는 섬세한 움직임.

뭐더라, 이게. 이게…… 뭐더라.

이 간지럼을 조금만 더 참으면 그게 뭔지 알아낼 수 있을 것 같았다. 하지만 그 감정의 끝을 잡아채기 전에 뒤에서 목소리가 들렸다.

"어이, 장미래."

걸걸한 목소리. 돌아보지 않아도 누군지 알 수 있다. 저번 공전 주기 때 이쪽 콜로니로 넘어온 베가다.

"베가, 또 무슨 일이야?"

베가는 이름에서도 알 수 있듯, 그 유명한 거문고자리의 알파 행성에서 왔다. 언젠가 내 고향에서 전해져 내려오는 직녀에 대한 전설을 이야기해 주었더니, 한동안 베가가 자신을 직녀로 불러 달라고 했다. 물론 아무도 직녀를 제대로 발음하지 못해 금방 그만두었지만.

"얼마나 설레고 있을지 구경하러 왔지."

"설렌다고? 내가? 지금 모두가 맡기 싫어한 일을 떠맡은 거 안 보여?"

내 대답에 베가가 긴 팔을 위로 슬쩍 올렸다. 크지만 우아한 움직임이었다. 안타깝지만 뭐 어쩔 거냐는 뜻이었다.

베가의 형형한 눈이 나를 바라보았다. 저 눈초리 때문에 거문고자리인을 처음 본 이들은 저들이 자신에게 적대감을 가지고 있다고 쉽게 오해한다. 그들의 눈은 불길처럼 일렁거리니까. 게다가 언제나 상대방을 똑바로 쳐다보면서 말하는 버릇도 있다. 그러나 그건 그냥 그들의 특징이고, 습관일 뿐이다. 물론 나 역시 아직도 불이 다 꺼진 선교의 복도에서 베가의 일렁이는 두 눈을 보면 놀라곤 하지만.

"하지만 너밖에 없었잖아."

온몸에 힘이 탁 풀렸다.

베가의 말이 맞다. 사실 누가 떠넘긴 건 아니다. 모든 상황과 흐름이 나를 가리키고 있었을 뿐이다. 그래서 누군가에게 성질을 낼 수도 없다.

"그러니까. 꼭 나한테 이 일을 하라고 말하는 것처럼 그렇게 됐어, 우연히."

"리라의 흐름이 너를 여기로 인도한 거지."

편의상 '리라'라고 일컫긴 하지만, 베가는 거문고자리에만 있는 오래된 악기를 말한 거다. 생김새가 리라와 비슷해서 그렇게 불릴 뿐, 원래는 훨씬 더 길고 알아들을 수 없는 이름이다. 저들이 말하는 "리라의 흐름이 인도한 것"이라는 표현은 "거스를 수 없는 운명"이라는 이쪽 말과 비슷한 의미다.

거문고자리의 리라는 현악기인데, 어딜 눌러도 같은 소리가 난다. 이 점이 독특하다. 원래 현악기라는 것은 현을 짚는 위치에 따라 다른 음이 나는 것이 특징인데, 그것과 정반대의 특성을 가지고 있으니까.

『은하 문화 예술 총서』에 따르면 거문고자리의 리라를 연주하는 방법 중 가장 중요한 것은 어딜 눌러도 같은 음을 낼 수 있어야 한다는 것이다. 그게 리라의 핵심 연주법이다.

어딜 눌러도 같은 음.

누가 눌러도 같은 음.

그렇기에 거문고자리의 노래에서 리라는 늘 중심 음과 기본 선율을 맡는다. 변하지 않는 정해진 값이랄까. 리라의 가운데 음에서 시작한 노래는 사방으로 열리고 퍼지다가 다시 가운데 음으로 돌아와 끝을 맺는다. 내가 들어 본 몇 안 되는 거문고자리의 노래

들은 전부 그랬다.

"운명이라……."

내 중얼거림에 베가가 싱긋 웃었다.

"어차피 할 거니까 이왕 이렇게 된 거 잘하고 와. 공식적으로 공문이 내려오지만 않았지 이번 일 잘 끝내면 어마어마한 게 널 기다리고 있을걸?"

"그러니까…… 그런 중요한 일을 왜 아무것도 아닌 나에게 시키냐고."

"당연히, 네가 아무것도 아니니까."

"뭐?"

눈썹을 찌푸렸다. 하지만 베가는 옆에서 내가 아까 먹다 남겨 놓은 막대 과자를 요리조리 살펴보다 입에 집어넣는 데 더 신경을 기울이고 있었다.

"흠, 이거 생각보다 맛있는데? 식감도 나쁘지 않고."

"지금 그게 중요해? 내가 아무것도 아니기 때문이라는 말이 왜 나오는 건데?"

베가가 과자를 하나 더 들고서 입을 열었다.

"미래, 생각을 좀 해 보라고. 지구가 어떤 곳이야?"

저 물음에 나는 늘 움찔하고 만다. 다른 콜로니에서도 종종 듣는 말이다. 헤이, 미래, 네 고향인 지구 이야기 좀 해 줘. 유명하잖아, 지구도.

다른 여러 별과 은하와 콜로니가 수없이 생겼다가 망해 가는 와중에도 지구는 어떻게든 버텨 냈다. 덕분에 여러 방면에서 유명해졌다. 좋은 의미와 나쁜 의미 둘 다로.

좋은 의미는 초기 행성들 중 하나가 계속해서 현역으로 일하고 있다는 점이고, 나쁜 의미는 그렇기 때문에 이제 '지구인'이나 '지구 스타일'처럼 '지구'가 붙는 것들은 전부 한물갔다는 의미로 사용된다는 점이다.

어느 곳에 가도 지구인들은 살아 있는 화석 취급을 받는다. 오, 설마 '그' 지구인이신가요?

'그'라는 짧은 단어에 실린 꽤 많은 감정들이란. 지금의 지구인들은 적어도 3세대인데, 다들 그걸 알면서도 그런다.

3세대라는 건 몸을 세 번 바꾸었다는 의미다. 인간의 몸은 다른 행성이나 은하의 생명체들보다 버틸 수 있는 기간이 짧다. 이를 해결하려고 고안해 낸 방식이 영혼을 다른 몸에 이식하는 것이다. 처음엔 원래 몸을 냉동시켰지만, 그래 봤자 결국 몸은 소모품이었다. 언젠가는 작동이 멈추는 때가 왔다.

그 때문에 변하지 않는 물질로 만든 셀레스티얼 바디(celestial body)가 한때 유행했다. 어차피 실제적인 기능을 하는 건 영혼 쪽이니 몸이 굳이 인간 형태일 필요가 없다고 생각한 것이다. 그래서 다들 반짝이는 다이아몬드 한 알, 정교하게 만든 직육면체 모양 금속 조각, 혹은 누군가와 영원한 사랑을 약속하며 나눠 낀 반지 등에 자신의 영혼을 담아 두곤 했다.

셀레스티얼 바디는 인간의 몸보다 훨씬 효율적이었다. 시간에 맞춰 영양분을 공급하거나 돌봐 줄 필요가 없었으니까. 게다가 시간이 흘러도 늙지 않았고 자리를 많이 차지하지도 않았다. 작은 서랍 속에 착착 넣어 한도 끝도 없이 보관할 수도 있었다.

내 셀레스티얼 바디는 조개였다.

맞다. 바다에 사는 그 조개.

조개껍질의 안쪽은 오색으로 빛났고 겉은 새하얬다. 물로만 이루어져 있다는 행성에서 온 이에게서 어떠한 감정의 증표로 받은 거였다.

그 행성은 어딜 둘러봐도 까마득하게 내려앉은 물만 사방으로 끊임없이 펼쳐져 있다고 했다. 그래서 수심대를 기준으로 주민들이 사는 곳이 나뉘고, 그가 있던 곳은 평균 수심대가 2,000미터였다고.

2,000. 까마득한 숫자였다.

그가 나에게 선물로 준 조개는 그보다 훨씬 더 깊은 곳에서 건져 올린 거라고 했다. 그걸 건네던 그의 얼굴은 행복에 가득 차 있었고, 나 역시 기쁘게 선물을 받았다.

그래, 그때는 그 마음이 영원할 줄 알았지.

어떤 이유로 헤어졌더라. 기억도 잘 나지 않는다. 오래 살면 이렇게 되는 법이다. 게다가 몸을 바꿀 때마다 예전 몸으로 겪었던 일들은 전생처럼 희미해져 간다. 이상한 일이다. 진짜로 죽은 것도 아니고, 영혼에는 연속성이 있는데도 그렇다.

그래서 무슨 이유로 헤어졌는지는 알 수 없지만, 그때 조개에 내 영혼을 옮겨 담은 흔적이랄까, 경험 같은 건 아직까지 남아 있다. 덕분에 자는 동안 아주아주 깊은 바다의 꿈을 꾸거나, 들을 수 없는 파도 소리를 듣기도 한다.

신기한 일이다. 내가 직접 겪어 보지 못한 감각들이 새로운 육체를 통해 전해져 온다는 건.

하지만 얼마 지나지 않아 영혼을 셀레스티얼 바디로 옮긴 지구인들에게서 이상 징후가 나타났다. 영혼의 사고 기능이 현저하게 떨어지고 움직임도 없어진 것이다. 마치 그들의 '몸'처럼.

그제야 몸과 영혼의 상관관계에 대한 연구들이 시작됐다. 곧 영혼은 몸의 영향을 받는다는, 어떻게 보면 아주 단순한 명제가 도출됐다. 그릇의 모양에 따라 물이 담긴 모습이 달라지는 것처럼, 인간의 영혼도 그렇다는 거였다.

인간의 영혼은 원래 몸에 담겨 있을 때 가장 효율적으로 움직였다. 효율적으로 움직인다는 것은 가장 인간답다는 뜻이기도 하다. 감정과 사고가 유연하게 돌아가니까. 결국 지구인들은 어쩔 수 없이 가장 오래된 형태의 몸으로 다시 돌아갔다. 심장이 뛰고 영양분을 주입해 줘야 하고 시간이 지나면 늙어 버렸지만, 그래도 그게 최고였다.

이런 몸을 바꾸는 건 처음에는 흔한 일이 아니었다. 영혼은 생각보다 더 섬세해서, 아무렇게나 몸을 바꾸면 그 몸에 제대로 적응하지 못했다. 그동안 쌓아 온 기억들을 잃어버릴 수도 있었고.

하지만 은하계의 다른 생물체들은 오래도록 사는데 지구인만 몸 때문에 그럴 수 없다는 건 지구인이 쌓아 가는 지식과 감정과 문화, 그 모든 것이 분절적일 수밖에 없다는 의미였다. 그건 종족적으로 큰 손해였다. 예를 들어 안드로메다인이 혼자서 연구해 알아낼 수 있는 것을 인간은 적어도 2세대에 걸쳐서 연구해야 했다. 그래서 지구인들은 술래잡기를 하는 것처럼 이쪽 몸에서 저쪽 몸으로 옮겨 가며 죽음을 피하게 되었다.

이제 지구인들은 다른 종족들보다 더 큰 우주선, 더 큰 콜로니, 더 큰 행성이 필요해졌다. 큰 몸을 유지하며 살려면 공간이 있어야 하니까.

우주에서 공간은 곧 돈이다. 각자의 행성을 떠나온 종족들이 모인 곳에서 생명을 유지할 수 있는 대기와 환경을 조성하는 건 많은 자본이 드는 일이다. 가장 효율적으로 일하기 위해 지구인들은 고민 끝에 몸은 따로 두고 영혼만 움직이는 방법을 택했다.

다시 지구가 어떤 곳이냐, 하는 베가의 물음으로 돌아가면.

"지구는 불가침의 공간이지. 수많은 지구인의 몸이 있는 곳이니까."

베가가 고개를 끄덕였다. 베가의 손에 들려 있던 과자 봉지는 어느새 텅 비어 있었다.

"그렇지. 그렇기 때문에 외부인인 나 같은 존재는 지구에 들어가지 못하는 거야. 물론 여행하는 것까지 막을 순 없지만, 그것조차 절차가 엄청 복잡해서 날짜를 맞출 수 없었잖아. 꼭 3월 2일이어야 한다면서."

"그렇지……."

나는 힘없이 대답했다. 이제 와서 내가 내일 다시 열아홉 살이되어야 하는 이유는 이런 것들 때문이다.

지구 출신, 지구에 둔 몸, 딱 맞는 나이.

초기 지구인들은 몸을 영혼과 함께 우주선 안에 넣어 두고 다녔다. 하지만 앞에서 이야기했듯 우주에서 지구인의 육체를 완벽하게 보호하고 키우려면 돈이 많이 들었다. 그래, 돈이 문제였던거다.

돈이 없는 지구인들은 지구를 떠올렸다.

지구인이 지구를 떠올리는 게 뭐 대수라고? 그렇게 말할 수도 있겠지만, 그건 발상의 전환이었다.

지구인의 몸은 지구의 대기와 환경에 가장 익숙하다. 그러니 굳이 천문학적인 비용을 지불해 가며 우주선에 몸을 싣고 다닐게 아니라, 그냥 지구에 두면 된다고 생각한 것이다. 풍부한 산소, 몸이 종잇장처럼 눌리지도 풍선처럼 부풀지도 않는 적당한 대기압, 지구인에게 딱 알맞은 자전과 공전 속도.

이렇게 좋은 곳이 있을 수가!

이제 지구인들은 커다란 수면실이 된 지구에 몸을 두고 편하게 우주를 누볐다. 하지만 그곳에 실제로 사는 사람은 얼마 없어서 지구와 몸을 어떻게 지켜야 할지 말이 많았다. 물론 지구인들 사이에서만.

결국 지구인들은 가장 적은 비용으로 지구를 지킬 수 있는 방법을 선택했다. 밀코메다 은하계의 불가침 보존 행성에 지구의 이름을 올린 것이다. 보존 행성이 되면 개발이 불가능하지만 대신 밀코메다 은하군의 보호를 받을 수 있다. 어차피 우리 은하의 변방에 있는 지구는 개발에 적합하지 않으니, 이쪽이 훨씬 나았다. 그렇게 돈 한 푼 들이지 않고 지구를 거의 완벽하게 보호할 수 있게 되었다.

불가침 보존 행성이 된 지구는 입성(入星)과 출성(出星)이 꽤 복잡해졌다. 밀코메다 은하군이 아닌 다른 군에 소속된 이들은 아예 입성이 불가하다.

여기서부터가 문제다. 지금 내가 속한 이 우주선에 사는 이들 대부분은 각자의 군대에 소속되어 있다. 베가만 해도 작전 장교다. 물론 어디 소속인지는 정확히 모른다. 나에게는 베가의 소속이 어디인지보다 그가 거문고자리 리라를 완벽하게 연주할 수 있다는 사실이 더 중요하다.

반면에 나는 한없이 군인에 가깝긴 하지만, 서류상으로는 완벽한 연구원이다.

작전을 받은 이들 중 군인이 아닌 지구인 출신은 나를 포함해 고작 셋이었다. 게다가 그중 하나는 몸이 멀리 있다고 했다. 다른 은하계 출신인 여자 친구에게 사랑의 증표로 보내 두었다고. 몸을 보내는 게 요새 스타일 연애인가 싶었다.

몸이 없으면 지구에 내려갈 수 없으니 한 명 탈락.

나머지 한 사람은 자기는 아시아식 문화에 익숙하지도 않고 3월 2일이 개학 날이라는 것도 이해할 수 없다고 했다. 그러면서 내 쪽을 슥 보았다. 이렇게 적당한 사람이 코앞에 있는데 자신이 가는 건 말도 안 된다는 표정이었다.

"입성이 쉬운 지구 출신에 몸도 딱 준비됐고, 게다가 국가마저 똑같지. 이만한 필연이 어디 있겠어. 그리고 3월 2일에 개학하는 곳은 지구에서도 대한민국뿐이잖아. 대부분 가을 학기제니까."

"안다고, 나도."

그래서 내가 됐다. 지구에 내려가 열아홉의 3월 2일을 겪을 사람이.

나밖에 없었다. 그건, 운명이라고 해도 좋았다.

"그런데 걔가 그렇게 중요해?"

"뭐, 그렇다니까 그런 거겠지? 솔직히 우리야 아는 게 없지. 그냥 위에서 중요하다고 하면 중요한가 보다, 할 뿐. 지금까지 움직일 때 뭘 특별히 생각한 적이 있어?"

베가의 목소리는 평이했다. 그리고 나는 그 말에 고개를 끄덕일 수밖에 없었다.

모두 그저 위에서 시키는 대로 하고 있다. 가라고 하면 가고 연구하라고 하면 한다. 오랫동안 살아오면서 다들 무뎌졌다. 좋은 쪽으로든, 나쁜 쪽으로든. 왜 이래야 하는지 의문도 가지지 않고 영원한 사랑이 있을 거라고 기대감을 품지도 않는다. 저 사람이 저런 행동을 하는 데는 무언가 이유가 있겠거니, 짐작만 하고 그 사정에 끼어들지 않게 됐다. 좋아하는 것들은 점점 적어지고 매일 똑같은 하루를 보낸다.

어쩌면 어른이 된다는 건 이렇게 닳아 가는 걸지도 모른다. 오래 살아도 이런 생각이 드는 건 똑같다.

"명령은 잘 들었지?"

"언제는 내가 군인이 아니라 명령을 안 들어도 되는 연구원이라서 뽑혔다면서?"

"어쨌든. 너, 이것만 잘하면 정말 승승장구한다니까."

"승승장구를 꿈꾸기엔 너무 늦지 않았나."

"그럼 그건 됐고, 영혼과 육체의 합일 시 주의할 점은 다 알고 있지?"

"당연하지. 그 정도는 안다고."

하지만 베가는 걱정스러운 표정을 지었다.

"지구인들은 몸에 영향을 많이 받잖아. 그러니까 너, 진짜 열아홉이 되는 거야. 지금의 네가 아니라."

"그게 조금 걸리긴 해."

지구에 둔 몸은 지구식 생활을 영위한다. 예전처럼 눕혀만 두면 몸이 오래 버티질 못한다는 이유로, 지구인의 몸들은 결국 돌고 돌아 아날로그 방식으로 생활하고 있다. 프로그래밍 된 대로 밥을 먹고 운동을 하고 일상에 필요한 일들을 수행한다.

아마 내 몸도 십구 년간 나 없이 지구에서 열심히 생활해 왔을 것이다. 그렇기에 영혼과 몸의 일치가 바로 진행되지 않을 확률이 높다.

"몸에 들어간 직후에는 네가 누군지도 모를 거야. 몸을 지구에 둔 지 오래됐으니까. 몸과 영혼을 맞추는 데 생각보다 시간이 오래 걸릴 수도 있고. 게다가 지구는 보호 행성이잖아. 백 년도 넘은 예전 풍습을 아직도 그대로 지키고 있다고."

그러니 베가가 걱정하는 것도 이상하지 않다.

"하지만 어쨌든 시간은 하루밖에 없으니까 최대한 빨리 정신을 차려야겠지? 아, 이제 시간 됐다. 가 볼게."

"그래, 잘하고 와, 뭐든. 열아홉답게 최선을 다하라고."

그렇게 말한 베가가 손을 흔들었다. 나는 지구로 가는 문으로 향했다. 예전에는 셔틀 십을 타고 우주 정거장과 지구를 오갔지만, 지금은 문 하나만 지나면 순식간에 이동할 수 있다.

눈앞에 보이는 커다란 시계가 신경 쓰였다. 간이 비자로 지구에 방문하는 자의 체류 가능 시간은 최대 이십사 시간이다. 지금 3월 1일 오후 열한 시 오십구 분을 막 지나고 있으니, 나에게는 딱 하루가 있는 거다.

"그래서 왜 3월 2일인데요? 3월 1일도 아니고. 특이하네."

같은 지구 출신인, 몸을 여자 친구에게 보낸 요리사가 물었다. 그가 어디에서 태어났더라. 푸에르토리코라고 했던 것 같다. 아마 미국령일 테니 그 나라도 가을 학기에 개학할 것이다.

나는 그에게 우리나라의 역사를 간략히 소개해 주었다. 작은 지구, 그것보다 더 작은 한 나라에서 무슨 일이 일어났었는지, 3월 1일이 왜 우리나라의 국경일이 되었는지에 대해서. 자유와 독립을 위한 희생은 누구나 이해할 만한 것이어서 그도 어째서 한국의 개학 날이 3월 2일이 되었는지 금방 납득했다.

"자."

그래서 다시.

방금 시계가 막 열두 시를 넘겼다. 나는 이제 열아홉 살이고, 고등학교 3학년 개학 날을 앞두고 있다.

내가 이 작전에 적합할 운명이라는 건, 지구에 보관해 둔 나의 다섯 번째 몸이 딱 십구 년 되었다는 의미다. 물론 지구 시간으로.

어차피 지구는 속지주의, 속체주의다. 모든 법과 규칙은 진짜 몸을 판단의 기준으로 삼는다. 그러니 내 몸이 열아홉 살이면, 영혼이 백 년 넘게 살았다 해도 어쨌거나 지구에서 나는 열아홉이다. 그게 법이다.

그래서 아주 자연스럽게 '그 애'에게 접근할 수 있게 되었다. 쉰넷의 푸에르토리코 아저씨도, 아흔다섯의 인도계 할머니도 아닌, 열아홉의 대한민국 청소년인 내가.

'다음엔 절대 갓 태어난 몸에 영혼 이식을 하지 말아야겠어.'

그렇게 생각하는 동시에 귓가에 찌잉, 벨이 울렸다.

몸과 영혼의 합일이 이루어집니다.

3, 2, 1……

\*

시야가 트이기 전에 무언가의 감촉과 향기가 먼저 느껴졌다.

아직 겨울의 찬 기운이 남아 있는 바람이 얼굴을 가뿐하게 스쳐 지나갔다.

"어?"

눈을 깜박였다. 잠깐 눈을 감았다가 뜬 사이 뭔가 변한 기분이 들었다. 바람만이 아니다. 그보다 훨씬 더 중요하고 길고 어떤 의미를 지닌 시간이 나를 덮은 느낌이다.

"뭐지……?"

휘잉.

다시 한번 불어온 차가운 바람에 그 생각은 썰물처럼 사라지고 말았다. 나는 얼른 시린 코끝을 목도리에 파묻었다. 3월 초는 봄이라고는 하지만 정확히 말하면 겨울의 끝 무렵에 더 가깝다. 마음은 봄으로 달려가고 있는데, 바깥 공기는 깜짝 놀랄 정도로 추워서 움츠러들게 되는 때.

움츠러드는 건 몸만이 아니었다. 마음까지 꽈악 조여 오는 느낌이 들었다.

열아홉 살. 앞으로 일 년. 눈 깜짝할 새 지나갈 일 년 사이에 모든 것이 결정되는 거다.

그러고 나면 지금 지긋지긋하게 하고 있는 것들도 전부 끝이다. 계속 달려온 레이스, 매일 빽빽하게 짜인 일과. 끝이라고 생각하면 언젠가는 그리워지겠지만, 지금 당장은 아니다.

'아직은 넘어야 할 게 너무 많지.'

움직일 때마다 입고 있는 패딩에서 사각거리는 소리가 났다. 학교로 가는 길은 이제야 겨우 희붐하게 밝아지고 있었다. 서쪽 하늘은 아직 캄캄한 남색이었다. 그래도 겨울 방학 때보단 해 뜨는 시간이 점점 빨라지고 있다는 게 느껴졌다.

귀에 꽂은 이어폰에서는 영어 숙어들이 1.5배속으로 흘러나오고 있었다. 지문을 조금이라도 더 빨리 읽어 문제를 풀 시간을 벌려면 숙어들을 찾아 읽고 재빨리 문맥을 파악할 수 있어야 한다. 고득점을 위해서는 처음부터 이런 것을 공략해야 한다.

하지만 반복적으로 들리는 숙어 사이로 아무도 없는 운동장의 고요함이 밀려들어 왔다. 그 고요함과 저 멀리서 해가 뜨고 있는 하늘을 보고 있자니 이런 생각이 들었다.

지금 내가 이런 걸 하는 게 맞는 걸까? 어디로 갈지 결정도 못 했으면서?

다른 사람들은 이미 모두 각자의 목표를 가지고 힘껏 스퍼트를 내고 있다. 물론 나도 그들의 뒤를 따라가려고 애쓰고 있다. 그러나 쉼 없이 두 다리를 움직이면서도 마음 안에는 항상 무거운 의문이 가라앉아 있었다.

이게 맞는 거야? 지금 이렇게 가는 게?

다들 그랬다. 네 인생에 있어서 열아홉에 보내는 일 년만큼 중요한 때는 없다고.

하지만 그렇게 말하면서 그 누구도 그게 왜 중요한지, 그렇게나 중요한 시기를 어떻게 보내야 하는지 말해 주지 않았다.

최대한 아무렇지 않은 얼굴을 하고 있지만 진짜 아무렇지 않은 건 절대 아니었다. 파도치는 속내를 들키기 싫어서 더욱 냉정한 얼굴을 했다. 사람들은 그런 나를 보면서 보기 드물게 철이 일찍 들었다고 했지만, 사실은 이 얼굴만큼 내 나약함을 잘 보여 주는 것도 없다. 쉽게 구부러지는 풀보다 단단한 나무가 폭풍에 더욱 잘 부러지는 법이지 않나.

나는 내가 태생적으로 부러지기 쉬운 나무라는 걸 너무나 잘 알고 있다. 그래서 폭풍이 경로를 내 쪽으로 잡지 않기를 기도하거나 혹은 불어닥친다 해도 내가 부러지지 않을 정도로 약하게 불어 주길 바랄 수밖에 없었다.

그 탓에 모든 것에 조바심이 났다. 부러지기 전에 무언가가 되어야 해. 내가 다치기 전에 남에게 포효를 질러야 해. 가지고 있는 걸 놓치면 안 돼. 그런데 내가 가진 게 대체 뭐지? 다른 사람들도 나만큼 조바심이 들까?

지금 손에 들고 있는 게 무엇인지도 모르면서 나는 그걸 잃을까 봐 늘 두려움에 떨고 있다. 지금 갖고 있는 걸 놓아야 다른 걸 잡을 수 있다는 걸 알면서도 그저 다 쥐려고만 한다. 무엇을 놓고 무엇을 가져야 할지 구분하지도 못하고. 그런 내 앞에 펼쳐진 건 아득한 시간과 알 수 없는 감정과 소문과 이야기 들뿐이다.

일 년만 지나면 어른이라는 꼬리표를 달고 살아가야 할 텐데, 아직도 잘 모르겠다. 십구 년을 살아오는 내내 그대로였는데 일 년 만에 중요한 무언가가 갑자기 채워질 거란 생각은 들지 않는다. 다들 그렇게 구멍이 숭숭 뚫린 채로 어른이 되는 걸까. 아니, 그렇게 어른이 되어 버리고 마는 걸까.

'아직 난 아무 준비도 되어 있지 않은데.'

하지만 결정의 순간은 성큼성큼 다가와 버렸다. 내가 정말 결정을 하고 싶었던 순간, 예를 들면 미용실에서 앞머리를 딱 5밀리미터만 자르고 싶었을 때라든가 수학여행 때 입으려고 준비한 옷

중 하나만 가져가야 했을 때라든가 좋아하는 아이돌의 콘서트에 가기 위해 알바를 하고 싶었을 때는 항상 안 된다는 말을 들었는데, 이제는 그보다도 훨씬 더 중요한 결정들을 안 된다는 말도 없이 어떻게든 해내야 할 판이다.

차라리 누군가가 이건 되고 안 되고를 결정해 주면 좋겠다는 생각도 들었다. 그렇다면 그 누군가에게 결과의 책임을 떠넘길 수라도 있을 테니까.

"흐음……."

숨을 커다랗게 들이마시며 하늘을 보았다. 차가운 공기가 쨍하는 소리를 내며 깨지는 것만 같았다. 저편은 아직 어두운 하늘. 하지만 점점 밝아오는 붉은빛 햇살이 일렁이고 있었다.

그런 3월의 아침 하늘을 보면 괜히 이런 생각이 들었다. 어딘가에는 내가 할 수 있는 더 중요한 일이 있을 거라는 생각. 지금 내가 있는 이 시간과 공간을 넘어서, 진짜 의미 있는 존재와 행동을 할 수 있는 때가 있지 않을까, 하고.

"시간과 공간을 넘어서……."

잠깐 중얼거렸다. 허무맹랑한 이야기였다. 그런 게 있을 리가 없다.

저 멀리 3학년 교실이 있는 별관이 보였다. 원칙상으로는 개학 날인 오늘이 3학년으로서 첫 시작을 하는 날이지만, 사실 우리는 이미 3학년 생활을 하고 있었다. 수능이 끝나면 2학년은 바로 개

편된다. 반도 재배치되고 담임 선생님도 바뀐다. 준 3학년이 되어 2학년 겨울 방학을 보내는 것이다. 선생님들도 "곧 진짜 3학년이다. 정신 차려"라는 소리를 계속 입에 달고 다닌다.

일주일 정도의 짧은 겨울 방학을 마친 후, 추운 겨울 내내 자율 등교를 했다. 짙은 새벽을 깨고 엉금엉금 학교로 오는 아이들. 봄이란 게 올까 싶은 창백한 얼굴들 위로 몇 번이고 눈이 내렸다.

그렇게 진짜 3학년도 가짜 3학년도 아닌 상태로 중간에 낀 학기를 다니고 나니 드디어 3월 2일, 오늘이 왔다. 실감은 나지 않지만 이제는 진짜 3학년. 수험생이다.

문의 차가운 금속 손잡이가 손에 쩍 하고 달라붙었다. 장갑을 끼고 올걸, 이라는 생각이 들었지만 이미 늦었다.

끼익.

이쪽으로 밀려오는 퀴퀴한 겨울 냄새. 교실에 가려면 짧은 중앙 홀을 거쳐 조금 긴 언덕길을 올라 별관으로 빠져나가야 한다. 중앙 홀 게시판에 붙은 커다란 종이엔 가나다 군에 속한 대학의 이름들이 빼곡하게 적혀 있었다. 몇몇 아이들이 가고 싶은 학교 이름에 동그라미를 쳐 둔 게 보였다. 이곳을 지나칠 때마다 스스로 친 동그라미를 보며 자극을 받고 싶다는 마음이 느껴졌다.

잠깐 고민했다. 나도 동그라미를 칠지 말지. 하지만 이상하게 손이 움직이지 않았다. 어쩐지 내가 신경 쓸 곳은 여기가 아닌 것 같았다.

'여기가 아니면 대체 어딘데?'

머릿속 한편에서 그런 질문이 떠올랐지만, 그냥 직감적으로 그렇게 느꼈다. 아무튼 여기는 아니라는 거. 그래서 게시판도 그냥 지나쳐 언덕길로 연결되는 문을 열었다.

그리고 문을 연 순간.

어?

나도 모르게 팔을 들어 얼굴을 가렸다. 당연하게도 내 쪽으로 몰려들어 오는 건 아무것도 없었다. 그렇지만, 분명, 지금…….

찌잉.

어디선가 벨이 울리고, 틱, 틱, 틱, 시계 초침이 돌아가는 게 온몸으로 느껴졌다. 이게 뭐지, 라는 생각을 할 새도 없이 한곳으로 시선이 쏠렸다.

쏘아진 화살이 뒤도 돌아보지 않고 오로지 과녁을 향해 날아가는 것처럼, 내 시선도 '그 애'만을 향해 날아갔다.

탁.

꽂혔나?

언덕길 중반에 서 있던 그 애가 뒤를 돌아보았다.

찌이잉.

다시 한번 벨이 울리고, 나는 깨달았다. 처음으로 내 몸의 속도와 영혼의 속도가 맞춰졌다는 것을.

그건 누가 알려 주는 게 아니었다. 그냥 온몸으로 어쩔 수 없이 느끼는 거였다. 손가락 끝 하나하나에까지 내달리는 감촉에 나는 얼이 빠져 있었다.

드디어 육체와 정신의 시간이 겹쳐 하나의 궤도를 만들어 냈다. 그러자 내가 누구였는지, 어떤 영혼을 가지고 있고 어떤 몸을 가졌었는지까지 전부 기억났다.

그리고 그것이 달려가는 곳은,

3월 2일. 오늘의 일출 시간은 오전 일곱 시 삼 분.

지평선을 넘고 학교 근처의 야트막한 산을 넘은 해가 금색 가루를 모조리 그 애에게 쏟아 부었다. 저 애는 그것을 받을 자격이 있다는 것처럼.

윤슬이 빛났다. 말도 안 되지만 그랬다. 3학년 별관으로 향하는 언덕길, 그 중반에 서 있는 저 애의 안에 펼쳐진 너른 바다가 햇살을 받고 순간 반짝였다.

아, 나는 안다. 저 바다를.

그리고 그 안에 무엇이 사는지도. 수심 2,000미터의 깊은 바닷속에는 언젠가 내가 사랑했던 존재가 있고, 그보다 더 깊은 곳에는 나의 몸이었던 새하얀 조개가 있을 거다. 그 애는 그 모든 것을 자신의 바다 안에 고요히 감춘 채 서 있었다.

언젠가 나에게 어떠한 마음의 증표로 주었던 그 조개. 나의 몸이 되었던 그의 마음.

나는 그제야 그가 왜 나에게 그것을 선물로 주었는지 알아차렸다. 생각보다 오랜 시간이 지나서야 겨우.

인간의 영혼은 몸에 영향을 받는다. 내가 그의 조개를 몸으로 삼지 않았다면 지금 저 애 안에 감춰진 바다를 알아채지 못했을 것이다. 지금의 나와 저 애는 과거의 오래된 선물을 매개로 이어져 있는 거나 다름없었다.

쏴아아.

파도가 수평선에서부터 내 쪽으로 몰려들어 왔다. 짙은 청색의 칼라 자락에서 시작된 파도다. 그때, 나는 귓가에 파도 소리가 울리는 것을 경험했다.

저 애에게서 시작된 깊은 파도가 나를 그대로 덮쳤다. 나는 가벼운 포말처럼 쓸려 갈 수밖에 없었다. 내게 무슨 힘이 있겠는가.

이어폰에서 메마른 어조로 읽어 내는 숙어가 들려왔다.

Have a crush on. 누군가에게 한눈에 반하다.

Crush. 조각나고 부서지다. 반한다는 건 하나로 자란 내 마음을 스스로 조각내어 저 애에게 가져다 바치는 것. 그래서 오래된 조개가 저 애의 손에 들리게 만드는 것. 어느 날의 아침 햇살이 모조리 저 애의 머리 위로 떨어지게 하는 것. 맞지 않는 공간과 시간에서 저 애만이 유일한 숨구멍인 듯 구는 것. 누가 말하지 않아도 지금 이곳에서 저 애가 가장 중요한 사람이라는 걸 깨닫는 것.

나는 내가 왜 '지금' 열아홉 살이어야만 했는지 알아차렸다. 이 모든 것을 너무 생생하고, 너무 아프게 받아들이는 나이이기 때문에. 성년과 미성년의 간극에서 위태롭게 외줄타기를 하고 있는 나이이기 때문에.

그래서 첫눈에 저 애에게 반해 버리지 않고는 견딜 수 없는 나이이기 때문에.

"안녕. 드디어 겹쳤네."

걔가 그렇게 중요해?

언젠가 내가 꺼냈던 물음이 전생의 기억처럼 떠올랐다. 중요하고말고. 나는 속으로 그렇게 대답했다.

누구나 저 애를 보면 알 거다. 저 애가 얼마나 중요한지. 거대한 우주 함단 하나를 통째로 돌려 지구로 향하게 만들고, 누구도 알 수 없는 비밀 지령을 내리고, 수만이 넘는 이들 가운데에서 완벽한 조건을 갖춘 단 한 명을 골라 다시는 돌아올 수 없는 열아홉의 3월 2일에 세울 수 있는 사람.

"기다리고 있었어."

황송할 정도였다.

"나를?"

"그래, 너를. 시간과 공간을 넘어서 계속."

깊은 바다는 쉽게 움직이지 않는다.

"너여야만 하니까."

오히려 멍한 쪽은 나였다. 그 애는 몇 번이나 이 순간을 상상한 것처럼 아주 자연스럽게 내 쪽으로 다가왔다.

"나를 죽이지 않고 오늘, 그러니까 3월 2일을 넘기게 해 줄 사람은 너밖에 없으니까."

열아홉의 몸에 전생처럼 담긴 영혼이 겨우 생각이란 걸 하기 시작했다.

그제야 나는 어렴풋이 내가, 정확히 말하면 열아홉 살이 되기 며칠 전의 내가 받은 명령이 떠올랐다. 함대에 속한 연구원인 내가 다음 생까지 최선을 다해도 올라가기 어려운, 까마득히 높은 자리에 있는 누군가의 이름으로 전달된 구두 명령.

"그때, 그 시간에 합일된 '그 애'의 몸과 영혼에 새겨진 판결 주문을 가져오도록. 무슨 방법을 써도 상관없다."

나도 명령의 행간을 읽어 낼 정도의 경험은 있었다. 무슨 방법을 써도 상관이 없다는 건, 최악의 경우 대상을 죽여도 책임을 묻지 않겠다는 말이었다.

그리고 그것이 군인이 아니라 연구원 나부랭이인 내가 뽑힌 이유일 것이다. 밀코메다 군이 보호하는 불가침 보존 행성에서 살인이 일어났을 때, 범죄자가 군인이라면 그건 완벽한 전쟁 사안이다. 그러나 민간인 간의 일이라면 고작해야 사법 판결 정도로 끝난다.

고작해야.

물론 이 일은 '고작'으로 표현할 만한 수준은 아니다. 내 앞에 있는 저 애에게는 자신의 목숨이 왔다 갔다 하는 절체절명의 순간일 테니까.

그래서 저 애는 나를 선택한 거다. 개학 날 자신에게 첫눈에 반해 버릴 수밖에 없는 마음을 가진 나를.

만약 내가 우주선에 있는 다른 지구인들처럼 나이를 많이 먹은 몸을 가지고 있었다면 아마 저 애의 계획은 성공하지 못했을 것이다. 그들은 나처럼 사랑에 온몸을 던지기에는 너무 닳았고, 마음도 충분히 뜨겁지 않으니까.

나는 그 애의 목덜미 주변에서 일렁이는 파도 같은 짙은 청색 칼라를 보았다. 칼라를 고정하고 있는 동그란 배지도. 또 흰색 셔츠와 그 아래 자리한 하얗고 긴 손가락도.

그리고 물의 냄새.

"명령을 내린 그들이 너에게 뭐라고 했지?"

그 애의 목소리는 꼭 하늘에서 떨어지는 빗방울 같다. 목소리가 텅 빈 언덕길을 둥그런 파문으로 가득 채워 버렸다.

명령과 함께 전달받은 건, 기밀 사항이라는 것. 까마득하게 높으신 분들이 내린 명령이란 정말 잘 지켜야만 하는 거다. 하지만 지금 나는 열아홉이고, 아직 책임이라는 걸 모르는 미성년이고, 이제 막 첫사랑에 빠진 혼란스러운 수험생이다.

이 모든 걸 모으면 결론은 하나뿐이다. 대답한다. 그래서 했다.

"오늘 네 몸과 영혼에 새겨진 판결 주문을 가져오라고 했어. 무슨 방법을 써서라도."

판결 주문.

가끔 이야기를 가지고 태어나는 이들이 있다. 길이는 다 달라서, 한 단어나 한 문장일 수도 있고 한 페이지짜리 이야기일 때도 있다.

이야기는 시간의 흐름에 따라 계속해서 변화하지만 본질적 속성은 같다. 그렇기에 종종 그의 인생이나 신념 등으로 나타나기도 한다. 물론 시간의 흐름 속에서 자신이 가진 이야기를 까마득히 잊어버리는 이들도 있지만.

그런데 이 애, 지금 내 눈앞에 있는 이 애가 가진 이야기는 한 단어나 한 페이지짜리가 아니다. 한 사람이 가지고 있기엔 너무 길고, 너무 무거운 것이다.

판결 주문. 그것은 말 그대로 어떠한 일에 대한 되돌릴 수 없는 판결문이 담긴 이야기다. 우주의 온갖 것이 시시각각으로 뒤바뀌고 변해도 판결 주문은 바뀌지 않는다. 이미 일어난 일 중 많은 것이 뒤늦게 읽은 판결 주문에 적혀 있었다는 건 베가를 통해 들은 바 있다.

"작게는 어떤 종의 멸종부터 크게는 한 은하의 멸망까지 담겨 있지."

형형한 눈으로 베가는 그렇게 말했다.

"그래서 판결 주문을 가진 존재들은 오래 살지 못해. 알잖아, 너도. 영혼은 몸의 영향을 받는다고. 몸과 영혼에 종말의 주문이 새겨진 존재들이 어떻게 오래 살 수 있겠어?"

그들은 쉽게 붕괴된다. 그래서 그는 붕괴하기 전에 나에게 조개를 준 것이다. 우리가 씨실과 날실처럼 엮일 수 있도록.

나는 높으신 분들이 저 애의 판결 주문을 가지고 무엇을 하려는 건지 모른다. 가끔은 모르는 게 좋은 일들도 있다. 하지만 저애 안에 깊이를 짐작하기 어려울 정도로 긴 판결 주문이 담겨 있을 거라는 건, 눈치 없는 나조차 깨달을 수 있었다.

나는 그 애를 쳐다보았다. 교복을 단정하게 입은 그 애의 가방에 오래된 키 링이 달려 있었다. 입을 앙다문 조개 모양. 그리고 반쯤 열린 가방 안에는 필기를 해서 종잇장이 하나하나 부풀어오른 문제집이 있었다. 아마 거기엔 이번 수능에 꼭 나올 법한 문제들과 선생님이 알려 준 풀이들이 빼곡하게 적혀 있을 거다.

그리고 수업 시간에 누군가와 함께 쓴 낙서도. 대부분 지웠지만, 몇 개는 남겨둔 낙서.


우리 수능 끝나면 여행 가자.

어디로?

바다가 보이는 곳으로.


그런 짧은 이야기들이 모여 큰마음으로 기운다. 앞으로 적어도 일 년간은 빙빙 돌 마음이다. 마치 달이 지구 주변을 도는 것처럼.

가장 중요한 부분은 쏙 빼고, 그해 11월 셋째 주 목요일이 지날 때까지.

학교 별관 뒤에 심어 둔 벚나무에 흐드러지게 꽃이 피고 떨어지고 누군가는 그걸 쓸어 내고 잎사귀가 돋아나고 한여름이 되면 손바닥만 하게 커진 나뭇잎 사이로 들이치는 햇살을 보고 매미 소리를 듣고 그 소리가 가시고 그 자리에 풀벌레 소리가 채워지고 마침내 지금처럼 다시 동복 재킷까지 갖춰 입으면, 그러고 나면 우리는 정말로 바다로 여행을 갈 거다.

또다시 귓가에 파도 소리가 밀려들어 왔다. 그 소리를 정말 내가 들은 것인지, 아니면 언젠가 내 몸이었던 조개가 들었던 소리인지 알 수 없었다.

"그 여행을 가려면 나는 살아남아야 해. 지금, 3월 2일의 나를 살려야 해."

말도 안 되는 소리였다.

그건 아직 오지 않은 미래고, 지금 나에겐 이행해야 하는 명령이 있다.

"장미래."

그 애가 내 이름을 부르는 소리에 퍼뜩 놀라 고개를 들었다.

내 이름은 어떻게 안 거지? 몸을 네 번쯤, 아니, 이번까지 합치면 총 다섯 번 몸을 바꾸면서도 이름은 바꾸지 않았다. 다른 사람들은 몸을 바꿀 때마다 유행하는 이름으로 잘도 바꿨다. 하지만 난 이런저런 핑계를 대며 이름만큼은 바꾸지 않았다. 이상하게 몸은 바꿔도 이름은 그렇게 하고 싶지 않았다.

지금 와서 보니 그건 전부 저 애가 내 이름을 부르는 걸 듣기 위해서가 아닌가, 그런 말도 안 되는 생각이 들었다.

말이 안 됐지만, 이곳에서는 말이 안 되는 게 없다.

그 애가 입을 열었다.

"오늘은 개학 날이니까 선생님이 늦게 올 거야. 어쩌면 1교시에 자율 학습을 하라고 할지도 모르지. 신입생맞이를 해야 할 테니까. 그러니까 시간은 있어."

"어떤…… 시간?"

멍청한 목소리로 물었다.

"내가 지금부터 너에게 이야기를 들려줄 시간."

"이야기?"

"그들이 굳이 오늘, 지금의 나를 찾은 건 지금 내 안에 있는 이야기가 중요해서겠지. 그게 네가 가져가야 할 판결 주문일 거고."

"잠깐만. 그러니까 네가 직접 그 판결 주문을…… 말해 주겠다는 소리야?"

그 애의 눈이 나를 바라보았다.

"가져오라는 명령을 들었잖아."

나는 잠깐 정신을 집중했다. 몸과 영혼에 새겨진 판결 주문을 가져오라는 높으신 분의 명령이 이런 식으로도 해석될 수 있는지 따져 보고 싶었다.

"나에게 새겨진 이야기가 뭔지는 내가 제일 잘 알아. 그러니 나를 죽이고 가져가 봤자 이야기는 변질될 거야. 그걸 원해?"

가만히 고개를 저었다. 윗분들이 지금, 이 시간을 콕 집어낸 것에는 분명한 의도가 있다.

"이야기는 항상 파도처럼 변해. 내일의 바다는 오늘과 똑같지 않지. 이미 지나간 시간 속에 우리가 다시 설 수 없는 것처럼."

그 애의 말을 이해했다. 아마 어떤 방식으로 표현하든, 나는 이해했을 것이다.

그 애가 눈을 깜박였다. 내 대답을 기다리고 있었다.

"……넌 내가 네 말을 들을 거라는 걸 알고 있었지?"

내 말에 그 애가 웃었다. 그 웃음소리에 깊은 바다에 사는 모든 조개가 반짝이며 움직였다.

"당연하지."

사실 다른 것도 물어보고 싶었다. 우리 어디서 본 적이 있느냐고. 혹은 미래에서라도.

하지만 굳이 묻지 않았다. 그런 건 자연스럽게 알아갈 수 있을 거다. 내가 마음만 먹는다면. 이 애의 이야기를 듣고 그 목소리에 집중할 거라고 결심하기만 한다면. 그래서 그다음에 무슨 일이 일어나도 후회하지 않을 거라고 생각한다면.

가끔 사람들은 인생이 변화할 때 큰 사건이 발생할 거라고 생각한다. 그러나 변화는 아주 사소하고 생각지 않은 곳에서 묘한 표정을 지은 채 다가오는 경우가 더 많다. 지금처럼.

나는 중대한 결심을 할 때 죽음까지 감내하지는 않는다. 그건 그냥 자연스럽게 그렇게 되는 거니까. 밤이 지나면 아침이 오고 겨울 다음에는 봄이 오고 무언가가 지나간 자리엔 새로운 것이 차오르듯이.

잠시 주변을 둘러보았다. 3학년 별관까지 이어진 언덕길 한편엔 자그마한 소녀상과 벤치가 있다. 오래된 학교에 꼭 하나씩 있는, 이유 모를 동상이다. 하지만 오늘만큼은 그것에도 이유가 있다. 외부에서 우리의 위치를 파악할 때, 이만큼 좋은 표적도 없기 때문이다.

"좋아."

위에서 내린 명령을 현지에 적용시켜 그에 맞게 판단하는 건 지금 이곳에 모든 것을 위임받아서 온 나만의 권한이다. 나는 명령을 폭넓게 해석해, 그 애에게 판결 주문을 받아 전송할 생각이다.

그리고 유능한 베가라면 아마 소녀상, 그러니까 내가 있는 곳의 좌표가 어디인지 '리라의 흐름이 인도하는 것'처럼 정확히 짚어 내가 전달하는 이야기를 옮길 수 있을 거다.

주변이 소철나무로 둘러싸여 있어 바람이 잘 들이치지 않는 벤치 쪽으로 그 애의 손목을 잡아끌었다. 넘실거리는 파도와 바다가 나를 다 집어삼키기 전에 일을 완수해야 한다. 이 정도면 바람이 이 애의 이야기를 방해하지 않겠다는 생각이 들자 나는 고개를 끄덕였다.

"이야기해. 내가 할 수 있는 건 다 할게."

내게 남은 시간은 대략 열여섯 시간 이십팔 분 정도. 원래라면 이 애를 죽이고 남은 시간 안에 판결 주문을 적어서 가져가야 한다. 하지만 나는 나머지 시간을 전부 이 애가 해 주는 이야기를 받아 적는 데 쓸 생각이었다.

"한 글자도 틀리면 안 돼."

"응."

그 애의 말에 짧게 대답했다. 다시 적을 수는 없을 것이다. 오늘의 바다는 오늘뿐이니까. 마찬가지로, 3월 2일의 이야기도 오늘뿐이다. 단 한 번만 흘러가는 이야기. 그리고 내가 이 애를 죽이지 않고 명령을 이행할 수 있는 유일한 방법.

판결 주문이라는 게 얼마나 대단한 것을 할 수 있는 건지는 알 수 없다. 그건 내가 아니라 주문을 가져오라고 한 윗사람들이 판단해야 할 일이다. 그저 여기서 저 애의 말을 듣는 게, 내 할 일의 전부다.

"말해 줘."

준비가 다 되었다는 신호에 그 애가 입을 열었다.

동시에 사방에서 빗방울이 떨어졌다. 비어 있는 세상을 둥그런 파문으로 가득 채우는 목소리, 첫봄의 첫비 그리고 이야기.

그 애의 입에서 흘러나오는 첫 음을 들었을 때, 어쩌면 이번 생은 이곳에서 이렇게 살지도 모르겠다는 생각이 들었다. 저들이 원하는 이야기를 보내 주고, 오래도록 오늘을 기억하면서.

"그때 기억나? 우리가 처음 만난 개학식 날 말이야……."

이런 말을 늙어 죽을 때까지, 아니, 새로운 몸을 서로에게 선물해서 다음 생을 이어갈 때까지 하면서.

이곳은 여전히 옛날 방식이 그대로 적용되는 세계다. 보존 행성이니까. 아무리 바깥 우주가 빠르게 바뀌어도 여긴 아니니까. 그러니 예전 방식 그대로 하루하루를 보내고 아직 결정되지 않은 미래에 안타까워하고 첫사랑에 아파하고 흔들리고 불안해할 수 있다.

우주는 재빨리 돌아도 지구의 시간은 늘 천천히, 그대로 흘러간다. 언제나 평생 한 번 있는 그 시간 그대로.

나는 그 애의 이야기를 천천히 옮겨 적었다.


"그러니까, 내일이면 나는 열아홉이 되는데 말이지……."

사실 어떤 하루든 모두에게 평생 딱 한 번일 뿐입니다. 지금 이 글을 읽고 있는 오늘도 그렇습니다.

그런 하루하루 중에서도 조금 특별한 하루인 열아홉, 스물. 거기에 3월 2일. 생각만 해도 설레는 이날을 어떤 식으로 고이 잡아다가 쓸지 고민했습니다. 이 글을 읽는 모든 분이 공감했으면 하는 마음으로 주인공 장미래와 '그 애'를 설정했습니다. 그래서 미래는 열아홉이기도 하고, 아니기도 합니다. 어떤 나이든 될 수 있습니다.

어떤 시공간에 머물러도 미래는 같은 마음을 가지고 있습니다. 몸을 몇 번이나 바꿔도, 시간대가 아무리 달라져도 마음만은 똑같습니다.

우주에서도, 지구에서도, 2,000미터가 넘는 깊은 바닷속에서도 같은 마음을 간직한 두 존재의 헤어짐과 만남과 앞으로의 이야기를 쓰면서 즐거웠습니다. 비슷한 마음이 여러분에게 있었을 수도 있고, 앞으로 생길 수도 있을 것입니다. 그런 마음이 생기는 날, 이 이야기가 떠오른다면 정말 기쁠 테지요.

읽어 주신 모든 분께, 언제나 평생에 한 번 정도는 이런 마법 같은 일이 일어났으면 합니다.

오늘부터

1
일!

한정영

한
정
영

중앙대학교 문예창작과를 졸업하고 같은 대학 연구 교수를 지냈다. 『빨간 목도리 3호』『나는 조선
의 소년 비행사입니다』『변신 인 서울』『히라도의 눈물』『아빠는 전쟁 중』과 같은 청소년 소설을
썼고, 『동화 작가를 위한 논픽션 글쓰기의 모든 것』『어린이 · 청소년 소설 쓰기의 모든 것』과 같
은 창작 이론서를 썼다.

내 입으로 말하긴 민망하지만, 내가 봐도 내 남자 친구는 좀 훈훈해. 남자답게 생긴 건 아니고, 오히려 예쁘장한 '너드'랄까? 언니는 내 눈에 콩깍지가 씐 거라고 하지만 상관없어. 어쨌든 남자 친구는 내 이상형에 가까우니까. 바람이 불면 흐트러져서 부스스해지는 곱슬머리도 마음에 들고, 쌍꺼풀은 없지만 큰 눈도 매력적이거든. 그 눈으로 나를 볼 때면 얼마나 가슴이 뛰는지!

설마 시간이 조금 지났다고 그때 모습과 많이 달라진 건 아니겠지? 내가 언제가 됐든 '그런 모습'이어야 한다고, 꼭 그래 달라고 부탁했거든. 남자 친구는 무슨 일이 있어도 약속을 지키겠다고 했고. 당연히 믿지. 다른 사람도 아니고 남자 친구니까.

맞아. 나는 지금 남자 친구를 만나러 가고 있어. 벌써 남자 친구네 학교 앞이야. 심장이 터질 것 같아. 왜냐고? 여기까지 오는 데 얼마나 많은 시간이 걸렸는지 알아? 우리 집에서 고작 삼십여 분 거리이긴 하지만……. 아, 이건 나중에 이야기할게. 지금 이게 중요한 게 아니니까.

보이지? 정문에서부터 저 너머 벽돌색 건물까지 이어지는 가로수 가지마다 붉은 기운이 맴돌고 있잖아. 벚나무 꽃봉오리가 움트고 있는 거 맞지? 아, 생각만 해도 설레는걸. 꽃이 활짝 피어서 꽃잎이 바람에 흩날릴 때 그 아래를 남자 친구와 손잡고 걷는 거야. 아마 남자 친구는 예의 그 어색한 미소를 지으며 나를 쳐다볼 거야. 부끄러워서 볼이 빨갛게 물들지도 모르지. 그럼 그 볼을 꼬집어 줄 거야. 큭큭. 좀 유치한가? 너무 레트로 감성 아니냐고? 알아. 그런데 그게 정말 잘 어울리는……. 말했잖아, 너드라니까?

어쨌든 서둘러야겠어. 남자 친구를 조금이라도 더 빨리 만나고 싶거든.

북적대는 학생들을 요리조리 피해 한눈팔지 않고 잰걸음을 놀렸어. 저 앞의 빨간 벽돌 건물을 향해서. 아, 물론 약속한 건 아니야. 그냥 남자 친구가 첫 수업을 듣는 강의실에 찾아가는 거야.

굳이 왜 그러냐고? 당연히 남자 친구를 놀라게 해 주려는 거지. 서프라이즈!

깜짝 놀라 눈을 동그랗게 뜨고 어쩔 줄 몰라 하는 모습이 벌써 눈에 선해. 엄청 귀엽지 않을까? 재미있을 것 같단 말이지. 후훗!

건물 로비는 더 정신이 없었어. 학생들이 삼삼오오 몰려다니고,

이리저리 뛰어다니기도 해서 그런가 봐. 그래도 다들 활기찬 표정이라 나도 대학생이 된 느낌이 들어서 나쁘지 않아. 개강 날이라서 더 부산스러운 것 같긴 해. 그런데 나를 힐끔거리는 사람도 좀 있네. 내가 입은 교복이 낯설어서 그렇겠지? 뭐, 상관없어. 다른 사람의 시선 따위 신경 쓰지 않을 거니까.

맞아. 난 고등학생이고, 남자 친구는 대학생이야. 나도 곧 졸업할 거니까, 이게 엄청 이상한 건 아니잖아? 어쨌든 지금은 강의실을 찾는 게 더 중요해.

1125호, 1125호. 강의실 번호를 중얼거리면서 일단 엘리베이터 쪽으로 걸······

헉!

얼른 걸음을 멈췄어. 검은색 양복을 반듯하게 입은 남자. 눈빛이 유독 뱀처럼 무서워. 스토커야. 저놈, 벌써 몇 년째 끈질기게 나를 따라다니고 있어.

얼른 로비 한쪽에 우뚝 선 기둥 뒤로 몸을 숨겼어. 어떻게 여기까지 따라온 걸까. 저 스토커의 눈에서 벗어날 수는 없는 걸까. 잠시 숨을 고르고 엘리베이터 쪽을 쳐다봤어. 놈은 학생들 틈에서 조심스레 여기저기를 둘러보고 있었어.

몸이 부르르 떨렸어. 저 깔끔한 차림새부터 끔찍해. 속에 흑심을 감추고 있으면서 겉으로는 점잖은 청년인 척하는 모습이라니! 너무 가증스럽지 않아?

미친놈!

나도 모르게 욕을 하며 달아날 곳을 찾았어. 마침 계단이 눈에 띄어서, 그쪽으로 재빨리 달렸어. 계단을 두 칸 세 칸씩 한꺼번에 뛰어올라 단숨에 9층까지 갔지. 숨이 턱까지 차올랐어.

휴! 숨을 몰아쉬며 계단에 앉았어. 놈이 정확히 언제부터 나를 따라다닌 건진 몰라. 고등학교 2학년 때쯤이었나 싶긴 해. 처음엔 나를 짝사랑하는 동네 오빤가 했어. 그래서 그냥 저러다 말겠지 했는데, 아니었어. 한 번은 코앞에 나타나서 나를 끌고 가려고도 했어. 그때를 생각하면 지금도 온몸의 피가 차갑게 식어 버리는 것 같아. 심장까지 오그라드는 기분 알아?

친구들이랑 여행 중일 때였던 것 같아. 물안개가 짙게 내려앉은 해안 길을 걷고 있는데 어디선가 검은색 양복을 입은 남자가 나타나 내 앞을 막아섰어. 그러고는 다짜고짜 손목을 붙잡는 거야. 순식간에 일어난 일이라 피할 수가 없었어. 뒤늦게 정신을 차리고 발버둥 쳤지만 손아귀 힘이 어찌나 센지, 도무지 빠져나갈 수가 없더라고. 나를 해치면 어쩌나 싶어서 겁이 덜컥 났어. 그래서 있는 힘껏 소리를 질렀더니 놈이 내 입을 막고 윽박질렀어.

"조용히 따라오기만 해. 그럼 아무 일 없을 거야."

마치 쇳소리 같은 차갑고 낮은 목소리에 등골이 서늘해졌지.

그때 다행히 친구들이 와 줬어. 열댓 명이 우르르 몰려들어 나와 스토커를 떼어 놓았고, 덕분에 가까스로 달아날 수 있었지. 근데 도망치는 내 등 뒤에 대고 스토커가 소리를 지르는 거야.

"네가 어딜 가든 찾아낼 거야!"

문제는 정말 그러고 있다는 거야. 그 후로도 놈은 종종 내 앞에 나타났어. 학교 가는 길모퉁이에서, 산책길에서, 심지어 집 근처 골목길에서도. 다행히 붙잡힌 적은 없지만, 항상 두려워. 놈의 모습이 떠오르면 온몸이 파르르 떨릴 정도로.

지금도 식은땀이 나. 도대체 왜 저렇게 끈질기지? 아무리 따돌려도 나타나는 저놈을 어떻게 해야 좋을지 모르겠어. 너무 무섭고, 화도 나. 정말 말할 수 없이 끔찍해.

*

다행이야. 따돌린 것 같아.

나는 정신을 바짝 차리고 곧장 11층까지 올라갔어. 강의실에 들어가기 전에 복도를 다시 한번 살피는 것도 잊지 않았지. 스토커는 보이지 않았어. 혹시나 해서 강의실 안을 살짝 기웃거려 봤는데, 거기에도 검은 양복을 입은 남자는 없었어.

이제 괜찮을 거야. 곧 남자 친구를 만날 수 있을 거고, 그때부턴 남자 친구가 나를 지켜 줄 테니까. 스토커도 나한테 남자 친구가 있다는 걸 알면 생각을 고쳐먹지 않을까? 그렇게 생각하자 불안감이 조금씩 사라지기 시작했어.

계단식 강의실은 뒤편의 창에서 햇볕이 쏟아지고 있어서 밝고 환했어. 학생들이 이삼십 명 정도 띄엄띄엄 앉아 있었지. 혹시 몰라서 자세히 살펴봤는데, 남자 친구는 아직 안 왔나 봐. 나는 출입문에서 멀리 떨어진 앞자리에 앉았어. 앞을 보니 대형 화이트보드와 그 위편의 둥그런 시계가 눈에 띄었어.

아홉 시 오십 분.

곧 남자 친구가 들어올 거라 생각하니까 가슴이 두근거리기 시작했어. 심장이 아까보다 훨씬 빨리 뛰어서 소리가 정말로 귓가에 들리는 것 같아. 침을 꼴깍 삼키고 강의실 문을 쳐다봤지. 어서 남자 친구가 나타나기를 기대하면서 말이야.

남자 친구가 어떻게 하고 올지 궁금해. 그때 그 모습 그대로일까? 그때처럼 백팩을 메고 회색 후드 티 위에 베이지색 코트를 걸치고 나타날까? 청바지를 입고서 말이야. 그게 내가 본 남자 친구의 마지막 모습이기도 했거든.

초조하게 문 쪽을 바라보면서 바쁘게 들어오는 학생들을 한 명씩 살펴봤어. 다들 부산스럽게, 혹은 잔뜩 긴장한 채로 후다닥 강의실로 들어와 서둘러 자리에 앉았어. 열 시가 다 되어 가서 그런지 빈자리가 거의 보이질 않더라. 하지만 그때까지도 남자 친구는 나타나지 않았어. 나는 점점 더 초조해졌어.

열 시.

교수님이 먼저 들어왔어. 머리가 희끗희끗한 남자 교수님이었는데, 교탁 위에 책을 올려놓더니 마이크를 톡톡 치고는 입을 열었어.

"자, 출석을 먼저 부를게요."

바로 그때, 남자 친구가 문을 열고 들어왔어. 그리고 나는 그 모습을 보자마자 일어나서 남자 친구에게 달려갈 뻔했지. 왜냐고? 예전 모습 그대로였거든. 회색 후드 티에 진한 베이지색 코트, 언제나처럼 청바지를 입고 있었어. 조금, 아주 조금 성숙해진 느낌이 들긴 했지만, 그때와 크게 다르지 않았어.

'선생님…… 아니, 민한 오빠!'

나도 모르게 그 말이 입안에서 맴돌았어. 숨이 막혔어. 너무 보고 싶었으니까. 이 세상 누구보다 간절하게 보고 싶었으니까.

교수님은 여전히 출석을 부르고 있었고, 남자 친구는 함께 온 친구들과 얼른 강의실 뒤쪽으로 가서 앉았어. 난 학생들 틈으로 남자 친구를 쳐다봤어. 덜컹거리는 가슴을 한 손으로 꼭 누른 채, 혹시라도 알아볼까 봐 다른 손으로는 얼굴을 반쯤 가리고 말이야.

내 계획은 이래. 강의가 끝나면 그때 남자 친구 앞에 딱 나타나는 거야. 그리고 외치는 거지! 서프라이즈!

사실 강의 중간에라도 나를 알아보면 좋겠다는 생각을 잠깐 하긴 했어. 엄청 놀란 남자 친구가 강의 중이라서 선뜻 달려오지 못하는 모습을 보고 싶어서. 유치하다고? 뭐 어때. 그런 귀여운 모습에 반한 건데!

강의가 시작됐어. 그런데 어쩌지? 남자 친구에게서 시선이 떨어지질 않아. 교수님이 자꾸 내 쪽을 쳐다보는 것 같은데……. 그래도 어쩔 수 없어. 나는 남자 친구를 좋아하게 된 그 순간부터 남자 친구한테서 눈을 뗄 수 없었거든.

사실, 남자 친구는 내 과외 선생님이었어. 그땐 막 대학에 들어간 신입생이었지. 우리 집 뒷집에 세 들어 살았는데, 엄마가 내가 인서울 하기를 바라는 마음에 남자 친구에게 과외를 해 달라고 한 것 같아. 남자 친구는 꽤 이름있는 대학에 다니거든.

솔직히 말하자면 첫눈에 반한 건 아니야. 난 공부에 별로 관심이 없었거든. 그래서 과외를 시작하고도 한동안은 선생님(남자 친구 말이야) 말을 듣는 둥 마는 둥 했어.

그런데 하루는 내가 수업을 듣는지 흘려 버리는지 알지도 못한 채 혼자 열심히 수학 문제를 풀면서 땀을 뻘뻘 흘리는 거야. 그 모습이 어쩌나 귀엽던지, 나도 모르게 이마에 흐르는 땀을 닦아 줬어. 그랬더니 깜짝 놀라 나를 쳐다보는데…… 엉클어진 곱슬머리가 선풍기 바람에 흩날리고, 까만 안경 속 큰 눈은 놀란 고양이 눈 같았어. 살짝 홍조가 도는 뺨을 보니까 웃음이 났어. 그러니까 남자 친구, 아니, 선생님이 멍한 표정으로 따라 웃는 거야.

그때부터 좋아했어. 그 뒤로 쭉 남자 친구를 따라다녔지. 예전 생각하니까 자꾸만 웃음이 나오네.

아, 그런데 뭔가 좀 이상해. 남자 친구 옆에 앉아 있는 저 여자 말이야. 아까는 남자 친구만 보느라 미처 몰랐는데, 흰색 머리띠를 한 여자가 남자 친구 옆에 바싹 붙어 있어. 와, 여자인 내가 봐도 예쁘다. 왠지 창백하고 가녀린 얼굴이야. 그 여자가 웃을 때마다 머리띠 한쪽에 달린 나비 장식이 나풀거렸어. 마치 언제라도 하늘로 날아갈 것처럼.

아무튼 남자 친구는 그 여자에게서 시선을 떼지 못하고 있었어. 그리고 가끔은 안쓰러운 표정을 하다가 어떤 때는 환한 미소를 짓기도 했어. 설마……. 불길한 느낌이 들었어. 아냐, 그럴 리없어. 그래서도 안 되고! 절대 안 돼!

어금니를 꽉 물고 다시 그쪽을 쳐다봤어. 난 저 표정과 눈빛이 뭔지 알아. 사랑에 빠져 본 사람이라면 알 거야. 누군가를 사랑하면 상대의 달라지는 표정 하나에도 순간순간 슬프거나 기뻐지고, 눈빛이 그윽해지잖아. 사랑을 하면 그가 우주가 되고 태양이 되고 세상의 전부가 되니까.

그럼 정말 남자 친구한테 새 여자 친구가 생겼다고? 그럴 리가! 너무 당혹스러워서 벌떡 일어날 뻔했어. 강의 중만 아니었다면 진짜 그랬을지도 몰라. 하지만 떨리는 무릎을 억지로 짓누르며 그 자리에 앉아 있을 수밖에 없었어. 교수님도, 다른 학생들도 다들 나를 힐끔거리는 것 같았거든. 그래서 가만히 앉아 계속 머리를 젓기만 했어.

'아니야. 아닐 거야! 절대 그래서는 안 된다고!'

누가 아니라고 말해 주면 좋겠어. 내가 잘못 본 거라고! 하지만 여전히 남자 친구는 그 여자에게서 한시도 눈을 떼지 않고 있어.

아, 어떻게 이럴 수 있어? 나랑 약속해 놓고…….

"우리 학교로 와! 개강하는 날 만나자! 알았지?"

지금도 그 목소리가 생생한데, 이건 말이 안 돼. 한참 동안 발을 동동 굴렀어. 교수님이 무슨 말을 하는지도 귀에 안 들렸어. 옆자리 남학생이 자꾸 힐끗거리는데 변명할 수도 없었어. 나는 연신 뒤를 돌아보며 남자 친구를 쳐다봤고, 남자 친구는 여전히 흰 머리띠 여자를 보며 미소 짓고 있었어. 그 여자의 머리띠에 달린 흰 나비가 내 쪽으로 날아오는 것 같은 착시까지 일어났어.

이제 어떻게 하지?

\*

미리 연락이라도 해 둘 걸 그랬나 싶어. 나만 기다리라고, 그런 말이라도 했어야 했나? 하지만 그럴 수가 없었어. 그러고 싶었지만, 그동안 나한테 정말 많은 일이 있었거든.

어느 날 남자 친구가 불현듯 군대를 갔고, 얼마 지나지 않아 나는 휴대폰을 잃어버렸어. 바다에 놀러 갔다가 물에 빠뜨린 거야. 그 바람에 남자 친구랑 같이 찍은 사진도, 남자 친구 전화번호도 모두 날아갔지. 그래서 그 이후로 연락을 할 수가 없었어.

그러다 예전에 들은 말이 생각났어. 내 남자 친구가 되어 달라고 조르던 그때, 남자 친구가 내게 한 말.

"지금은 공부부터 하자. 그리고 내가 아무 말이 없더라도 개강 날 우리 학교로 날 찾아와. 그럼 그날부터 우리 1일이야!"

처음엔 무슨 말인가 싶었지. 그날부터 1일……? 너무 올드하잖아. 아저씨야? 전래 동화처럼 거울이라도 반 잘라서 나눠 가져야 하나. 그런데 또 한편으로는 뭔가 클래식하달까, 저 사람은 너드니까 그럴 수도 있겠단 생각이 들기도 했어. 아니, 이게 중요한 게 아니야. 그 말이라도 없었으면 오늘 남자 친구를 만나지 못했을 거라는 얘기가 하고 싶었어.

얼마나 다행이야? 정신 승리라고 해도 상관없어. 아니지, 오히려 극적이라고 해도 되지 않나? 결국 나는 개강 날 여기까지 왔고, 저편에는 남자 친구가…… 앗! 남자 친구와 눈이 마주친 것 같아서 얼른 다른 학생들 뒤로 얼굴을 숨기고 모른 체하며 고개를 돌렸어.

큭큭. 이거 뭔가 재밌는데? 방금 본 남자 친구의 눈빛은 오해일 거야. 맞아. 남자 친구 말대로 우린 오늘부터 1일이야. 우리 연애는 이제 본격적으로 시작되는 거라고. 강의가 끝나면 달려가서 제일 먼저 남자 친구를 꼭 안아 줄 거야. 그리고 계획한 대로 점심에 봉골레 파스타를 먹을 거야. 남자 친구가 학교 앞에 있는 파스타 집이 엄청 맛집이라고 했던 기억이 나거든. 그리고 나서 강의도 같이 듣고, 하루 종일 손잡고 어디든 돌아다닐 거야.

그런데 왜 이렇게 불안하지? 저 나비 머리띠를 한 여자랑 왜 저렇게 다정해 보이는 건데, 응?


얼마 지나지 않아 강의가 끝났어. 교수님이 먼저 나갔고, 뒤이어 학생들이 가방을 챙겨 강의실을 빠져나가기 시작했지. 남자 친구도 같이 들어왔던 친구들과 함께 강의실을 나갔어. 나는 어찌할 바를 몰라 머뭇거리고 있었고.

머릿속에서 여러 가지 생각이 교차했어. 지금이라도 달려가서 짜잔! 해야 하나? 그런데 저 흰 나비 장식 머리띠를 한 여자가 정말로 내 남자 친구의 여자 친구면?

어떻게 해야 좋을지 모르겠어. 계속 발만 동동 구르다가 일단 따라가 보기로 마음먹었어. 그래! 내가 어떻게 여기까지 왔는데. 이 순간을 얼마나 기다리고 또 기다렸는데! 우리 연애가 이제 막 시작되려는 참이라고!

그래서 더 확인하고 싶었어. 진짜 저 사람이 여자 친구인지, 나와의 약속을 어기고 새 여자 친구를 사귄 것인지. 그게 맞다면, 왜 그랬는지 물어봐야 하지 않겠어? 정말 나랑 한 약속을 잊은 건지 말이야. 물론 당장 달려 나가서 따지고 싶은 생각도 없지 않았어. 하지만 조금만 기다려 보려고. 실낱같은 희망일지 모르지만 내가 오해한 것일 수도 있잖아. 정말 오해라면 남자 친구를 의심한 게 되어 버리니까. 맞아. 솔직히, 희망을 놓고 싶지 않아. 우리 오늘부터 1일이라고.

남자 친구는 친구들과 엘리베이터를 타고 아래층으로 내려갔어. 나는 얼른 계단을 내리뛰었지. 스토커를 다시 만날지도 모르고, 같은 엘리베이터를 탔다가 남자 친구가 나를 알아보면 안 되니까 말이야.

내가 막 1층에 내려왔을 때 남자 친구는 흰 나비 장식 머리띠의 여자, 그리고 남색 코트를 입은 짧은 머리 남자와 함께 건물 왼쪽의 약간 비탈진 오르막길을 걷고 있었어. 나는 조금 거리를 두고 세 사람을 따라갔지. 셋은 무엇이 그렇게 즐거운지 깔깔 웃었어. 나도 그사이에 끼어 나란히 걷고 싶다는 생각이 들었어. 하늘을 보니 그들의 머리 위로 새파란 하늘이 펼쳐져 있었어.

이제 남자 친구는 한두 걸음 뒤에서 두 사람을 따라가고 있었어. 곧 벽면이 모두 유리창으로 된 건물이 나왔어. 4층이나 5층쯤 되어 보였는데, 가까이 가 보니 도서관이더라. 나는 그들을 따라 2층으로 올라가 검색대를 지나 열람실 안으로 들어갔어. 열람실은 아주 넓었어. 오른편에는 안내 데스크가, 그 너머로는 큰 테이블 여러 개와 의자가 나란히 놓여 있고, 왼편에는 키 크고 넓은 책장이 줄지어 빼곡하게 늘어서 있었어.

세 사람은 거기서 갈라졌어. 남색 코트 남자는 오른쪽으로, 남자 친구와 흰 나비 장식 머리띠를 한 여자는 서가 안으로 들어가서 책장과 책장 사이를 이리저리 빠져나갔어. 나는 한 손으로 얼굴을 살짝 가리고 둘을 뒤쫓기 시작했어.

남자 친구는 앞서가는 흰 머리띠 여자를 따라 좁은 책장 사이를 돌아다녔어. 그러다가 안쪽 어느 한 곳에 멈췄지. 여자는 책을 찾는 듯했고, 남자 친구는 옆에서 그 모습을 지켜보고 있었어. 나는 혹시 몰라서 책장 하나를 사이에 두고 그 건너편 서가로 갔지.

아, 다시 가슴이 떨려 와. 바로 앞에서는 아니지만, 남자 친구와 마주하고 있어서 그런가 봐. 그렇지만 선뜻 앞으로 나설 수가 없어서 속상했어. 잠시 책장과 책장 사이를 오갔어. 남자 친구도 흰 나비 장식 머리띠를 한 여자를 따라 이쪽저쪽을 오가더라. 그러다가 책들 사이로 잠깐 눈이 마주치기도 했어. 다행히 이번에도 내 얼굴을 알아보지 못한 것 같아. 하긴, 책과 책 사이 틈이 좁아서 얼굴 전체가 아니라 눈과 이마 정도만 보였을 테니까.

여전히 심장이 두근거렸어. 근데 아까랑은 느낌이 좀 달라. 벅차다기보다 자꾸만 아려 오는 기분이랄까. 그래서 한 손을 가슴에 얹고 나 자신을 다독여 줬어.

책장 너머에서 남자 친구의 얼굴이 언뜻언뜻 스쳐 지나갔어. 나는 그 얼굴이 움직이는 대로 따라 움직였고. 물론 흰 머리띠 여자의 얼굴도 보였어. 가까이서 봐도 예쁘네. 남자 친구처럼 눈도 크고.

여자가 부럽기도 하고, 질투가 좀 나기도 했어. 그런 생각을 하자 더더욱 남자 친구 앞에 나설 자신이 없어졌어. 책장에 머리를 대고 고개를 숙였어. 이제 눈앞에 닥친 현실을 인정해야 하는 걸까. 정말 그래야 하나?

그러다 고개를 저었어.

'아니야. 그래도 한 번은, 딱 한 번만이라도 바로 앞에 서서 오빠를 바라보고 싶어. 한 번은 괜찮지 않을까? 오늘이 우리 1일인데. 그토록 기다리던 1일인데. 그리고 내가 여기까지 얼마나 힘들게 왔는데……'

그런데 그때, 서가 저편 끝에 검은 그림자가 나타났어.

스토커!

가슴이 철렁 내려앉았어. 진절머리 날 정도로 끈질긴 놈이란 생각이 들었어.

"오빠, 도와줘요!"

나도 모르게 중얼거리고 말았어. 그러고는 남자 친구가 있는 책장 너머를 쳐다봤지. 그런데 남자 친구가 보이지 않았어. 아, 절망적이야……. 하는 수 없이 스토커가 달려오는 쪽의 반대 방향으로 빠르게 걸어 서가 끝에서 오른쪽으로 들어갔지. 그런 다음 책장 몇 개를 지나쳐서 아주 두꺼운 책들이 빼곡하게 꽂혀 있는 책장들 사이로 다시 뛰었어. 돌아보니까 저편에서 스토커가 나를 따라 휙휙 움직이는 게 보였어.

스토커와 숨바꼭질이라도 하듯 서가와 서가 사이를 요리조리 피해 다녔어. 스토커는 멈추지 않고 나를 따라왔지. 소리를 지르고 싶었지만 그럴 수는 없었어. 소리를 지르면 남자 친구가 이쪽을 쳐다볼 테고, 그러면……

스토커가 점점 더 가까이 다가오고 있어. 미로 같은 열람실을 이리저리 다니며 잘 달아나고 있다고 생각했는데, 어느새 스토커는 내가 있는 책장 바로 너머에 다다라 있었지. 나는 스토커와 책장 하나를 사이에 두고 마주 섰어. 도망갈 생각도 못 하고 우뚝 멈춰 서서 숨만 가쁘게 몰아쉬었어.

크고 작은 책들 사이로 스토커의 얼굴이 보였어. 유독 희고 반짝이는 얼굴. 짙은 눈썹이 꿈틀거리는 것까지 또렷하게 보였어. 그가 눈을 부릅떴어. 그 파리한 눈빛만 봐도 알 수 있었어. "이제 도망갈 수 없어!"라고 말하고 있다는걸.

"제, 제발 나를 좀 그냥 두면 안 돼요? 왜 이렇게 괴롭히는 거예요? 내가 뭘 잘못했는데요?"

나는 울먹이면서 말했어. 그에게 호소하듯이, 애원하듯이 말이야. 그러나 스토커는 씩 웃기만 했어. 책들 사이로 드러난 얼굴이 아주 냉혹해 보였어. 소름이 돋았지만 한 번 더 용기를 내서 소리쳐 물었어.

"나한테 원하는 게 도대체 뭐예요?"

내 말을 듣자마자 스토커는 의미를 알 수 없는 미소를 짓더니 턱을 살짝 움찔거렸어.

"내가 원하는 건 너야. 이제 그만 나와 함께 가지?"

스토커가 기다렸다는 듯 대답했어. 그 말에 온몸의 기운이 쭉 빠졌어. 어떻게 이토록 집요할 수 있을까. 왜 이렇게 내게 집착하는 걸까.

주저앉고 싶었지만, 마음을 다잡고 힘주어 말했어.

"나한테 무슨 짓이라도 하면 내 남자 친구가 가만히 있지 않을 거예요. 당장 달려가서 다 말할 거라고요!"

하지만 스토커는 싸늘한 미소를 지어 보였지. 그러더니 살짝 입술을 꿈틀거리며 말했어.

"마음대로 해! 근데 그러면 네 남자 친구도 무사하진 못할걸?"

"뭐, 뭐라고요?"

반사적으로 되묻자, 스토커는 책장 앞으로 머리를 들이밀며 눈가에 힘을 주었어.

"난 네 남자 친구를 너만큼이나 잘 알고 있지. 아니, 그 녀석이 정말 남자 친구이긴 해?"

"헉!"

그 말에 숨이 탁 막혔어. 놈은 정말로 나에 대해서, 내 주변 사람들에 대해서 아주 상세하게 알고 있었어. 눈앞이 캄캄해졌어. 이제 저놈의 손길을 피할 수 없겠다는 생각이 들었어.

그러다 곧 머리를 저었어. 어떻게든 정신을 차리고 여기에서 빠져나가야 돼. 그래야 잠깐이라도 남자 친구를 만날 수 있을 테니까.

그때였어. 스토커 뒤편에서 인기척이 났어. 흰 나비 장식 머리
띠의 여자였지. 여자가 이쪽으로 다가왔어. 스토커는 신경이 쓰였
는지 여자 쪽을 힐끔 쳐다보면서 왜인지 머뭇거리는 듯했어. 나
는 그 타이밍을 놓치지 않고 책장에 꽂힌 책들을 스토커를 향해
획 밀어 버렸어.

"으아악!"

비명을 지른 건 여자였어. 책장이 흔들리면서 여자 쪽으로도
책이 떨어졌거든. 그 바람에 스토커도 놀란 것 같았어. 나는 그 틈
을 타서 서가를 따라 다시 뛰기 시작했어. 달아나면서 두 번이나
더 책들을 스토커 쪽으로 밀었지.

우당탕! 탕, 탕!

요란한 소리가 났고, 그때마다 비명이 들렸어. 열람실에 들어와
있던 다른 학생들인 듯싶었지. 미안하긴 했지만, 소리를 뒤로하고
서가 사이를 재빨리 빠져나갔어. 그리고 그 너머의 문을 열고 얼
른 밖으로 나왔어.

*

문밖 바로 맞은편에는 아래층이 내려다보이는 난간이 가로질
러 놓여 있었어. 나는 난간을 짚고 숨을 몰아쉬었어. 바닥에 주저

앉고 싶은 마음을 간신히 추스르며 버텼지. 밑으로 로비를 지나 다니는 학생들이 보였어.

누구한테 도와 달라고 하지? 역시 제일 먼저 떠오른 건 남자 친구였어. 하지만 그럴 수는 없고, 언니와 엄마는 멀리 있고. 그럼 아예 경찰서로 뛰어가는 게 낫나……? 아, 그렇지만 그러면 내 1일이 엉망이 될 텐데.

고개를 저었어. 누구보다 멋진 1일을 기대했는데, 그건 아니잖아. 마음 같아서는 당장 남자 친구에게 달려가고 싶었지만, 흰 나비 장식 머리띠의 여자 때문에 선뜻 그러지 못하겠더라.

그때 로비에 남자 친구가 나타났어. 아까처럼 셋이서 말이야. 나는 반사적으로 계단을 찾았어. 왼편 끝에 있는 엘리베이터가 눈에 띄었지. 재빨리 뛰어서 엘리베이터에 탄 다음, 얼른 1층 버튼을 눌렀어.

잠시 후, 엘리베이터가 1층에 멎었어. 문이 열렸지만 달려 나가진 못했어. 로비를 오가는 학생들 틈에서 여전히 스토커가 사방을 돌아보며 서성대고 있었거든. 다시 조용히 엘리베이터 문을 닫고 5층 버튼을 눌렀어. 우선 스토커로부터 멀리 달아나야겠다는 생각에 가장 높은 층으로 가기로 한거야.

5층에서 엘리베이터가 멎었고, 나는 천천히 내렸어. 양쪽으로 이어진 복도는 어둑하고 조용했어. 오른쪽으로 얼핏 눈이 갔어. 그쪽에서 유독 밝은 빛이 쏟아져 들어오고 있었거든. 무작정 그리로 걸어갔어. 반쯤 열려 있는 문으로 나가니 건물 외벽에 붙은 비상계단이 나왔어.

일단 계단에 주저앉았어. 숨도 고르고 마음도 다잡아야 할 것 같아서. 한쪽 벽에 머리를 기대고 천천히 가슴을 쓸어내렸어. 조금씩 진정이 되는 듯했지만 점점 슬퍼졌고, 한편으로는 두렵기도 했어. 그래도 나 자신을 한 번 더 다독거렸어. 괜찮아! 하고.

하지만 난 알아. 사실은 조금도 괜찮지 않다는걸.

꽤 오랫동안 숨을 죽인 채 가만히 앉아 있었어. 뺨에 와 닿는 바람이 차지 않았고, 손등에 내리는 햇살에서 옅은 온기가 느껴졌어. 봄이니까. 들판과 나무에서는 새싹이 나고 사람들에게는 새로운 일이 생기는 봄. 그러나 나에게는 너무나도 잔인한 봄.

아주 한참 만에 일어나서 하늘을 봤어. 어느새 해가 파란 하늘을 가로질러 중천을 넘어서고 있었어.

가슴 높이의 난간에 손을 올리고 아래를 내려다보니까 도서관이 조금 높은 위치에 있어서인지 학교 전경이 보였어. 잠시 그 풍경을 하나하나 눈에 담고, 눈을 감았지. 그러자…… 내가 거기에 있었고, 내 옆에는 남자 친구가 있었어. 아까 혼자 지나왔던 학교 진입로에도, 벽돌색 건물로 가는 길가에도, 그 오른쪽 연못가에도, 그 뒤로 이어진 작은 숲길에 놓인 벤치에도 나와 남자 친구가 있었어. 오랫동안 내가 기대해 온 모습들.

하지만 눈을 뜨니까 아무것도 보이지 않았어. 정확히는 삐죽삐

죽 솟은 잿빛 건물과 길가를 따라 서 있는 벌거벗은 나무 들만 보였어. 아까는 그렇지 않았는데, 갑자기 왜 이렇게 황량하게 느껴지는지 모르겠네. 군데군데 핀 노란 산수유조차 없었다면 학교 전체가 잿빛으로 보였을 거야.

나도 모르게 가슴에 손을 얹었어. 갑자기 심장이 아주 차가워지는 느낌이 들었거든. 훅 불어온 바람 때문에 더 그런 건지도 모르겠지만.

이제 어떻게 해야 하지?

나 자신에게 물었지만 내 안의 또 다른 나는 한참 동안 아무런 대답도 해 주지 않았어. 다만 오래지 않아 내가 뭘 해야 할지 조금은 알 것 같았어. 집으로 돌아가는 것. 그게 내가 할 일이 아닐까, 싶어진 거야. 남자 친구에게는 새 여자 친구가 생겼고, 스토커가 나를 따라다니고 있으니까. 어쩌면 놈이 남자 친구까지 위험에 빠뜨릴지도 모르니까. 그럴 수는 없다는 생각이 들었거든.

하지만 너무 억울해. 얼마나 오래 이 순간을 기다렸는데. 이년? 삼 년……? 아니, 내 가슴속의 시간은 그보다 훨씬 더 많이 흘렀을 거야.

다시 눈을 감고 가만히 생각했어. 친구들과 여행을 가지 말았어야 했어. 그랬다면 휴대폰을 잃어버리지 않았을 거고, 남자 친구를 조금 더 빨리 만날 수 있었을 텐데. 그럼 남자 친구가 항상 옆에 있어 줬을 테니 아까처럼 스토커에게 쫓기지도 않았겠지?

그래, 스토커는 내가 여행을 다녀오고부터 나를 쫓아다니기 시작했어. 더 나쁜 건, 내가 여행에서 돌아왔을 때 남자 친구는 이미 떠나고 없었다는 것. 집에 사정이 생겨서 급하게 군대에 가야 한댔어. 그래서 고향으로 내려갔다고, 언제 돌아올지 모른다더라고. 이것도 언니한테 들은 이야기야.

나는 기다렸어. 내가 아니면 언니한테라도, 아니, 엄마에게라도 연락해 올지 모르니까. 하지만 연락은 오지 않았어. 남자 친구도 나타나지 않았고. 꽤 긴 시간이 흘렀어. 그러다 비로소 남자 친구와의 약속을 떠올리고 그를 찾아 나선 거야.

딱 그때쯤 나타나기 시작한 것으로 봐서 스토커가 내 남자 친구를 질투하는 것은 아닐까, 하는 생각이 들었어. 내가 남자 친구를 찾기 위해 혼신의 힘을 쏟는 동안, 스토커도 집요하게 나를 쫓아다녔으니까. 오늘처럼 하루에 몇 번씩 마주친 적도 있거든.

후! 숨을 몰아쉬었어. 점점 자신이 없어지네. 정말 아주 오랫동안 오늘을 간절히 기다렸는데, 어떻게 해야 할지 모르겠어. 학생들이 개강하듯이, 우리도 오늘부터 1일이었어야 했는데! 그런데 왜 나한테 이런 일이 생기는 걸까.

고개를 절레절레 흔들었어. 다리가 휘청거리고 몸이 살짝 떨렸어. 바람이 아까보다 세게 불어오는 건가? 나는 눈을 떴어.

헉! 나도 모르게 난간 위에 올라가 있었어. 얼결에 아래쪽을 내려다보니 5층인데도 까마득하게 느껴졌어.

아아! 어금니를 꽉 깨물었어. 발끝에도 힘을 줬지만, 몸은 계속 심하게 떨렸어. 한 걸음 내디디면 모든 게 끝날 거야. 그럼 전부 잊을 수 있겠지? 어쩌면 그게 나을지도 모른다는 생각이 들었어. 이제 남자 친구는 어디에도 없으니까. 나는 발끝 힘을 풀고 앞으로 조금 나아갔어.

*

하필 그때 저 아래편에 흰 나비 장식 머리띠의 여자가 지나가는 게 보였어. 남자 친구, 아니, 이제 이렇게 부르면 안 되지. 새로운 여자 친구가 생겼으니까. 민한 오빠의 여자 친구가 처음 들어갔던 강의실 건물과 도서관 중간쯤에 난 길을 걷고 있는 모습이 보였어.

다시 발끝에 힘을 줬어. 그리고 난간에서 내려섰어. 마지막으로 민한 오빠를 한 번만 더 보고 싶다는 생각이 들었거든. 나는 계단을 내려가기 시작했어. 갑자기 마음이 바빠졌어.

'마지막이니까!'

속으로 그렇게 되뇌며 서둘렀지. 1층까지 내려와 도서관 앞 광장을 지날 때는 사방을 휘돌아봤어. 스토커가 숨어 있을지도 모르니까. 다행히 내가 광장을 가로질러 민한 오빠의 여자 친구가 걸어간 쪽 길로 들어설 때까지 스토커는 나타나지 않았어.

좀 더 빠르게 뛰어가자, 여자의 뒷모습이 보였어. 아, 방금까지 보이지 않았던 민한 오빠와 함께였어. 역시……. 내가 오빠의 여자 친구라도 절대 오빠 곁에서 떨어지지 않을 거야. 나는 씁쓸한 미소를 지을 수밖에 없었어. 그래, 질투는 나지만 정말 잘 어울렸거든. 그러다가 문득 발걸음을 멈췄어. 저 둘이 갑자기 돌아보면 나를 볼 수도 있겠다는 생각이 들어서. 얼른 가로수 뒤로 몸을 숨겼어. 그리고 거리를 조금 벌린 다음 다시 따라갔지.

오빠와 여자 친구는 길을 따라 걷다가 오른편 계단으로 내려갔어. 그러더니 연못을 반 바퀴 돌아 유독 햇살이 잘 내리비치는 벤치에 앉았어. 나는 연못 건너편, 책을 읽고 있는 회색빛 동상 옆에서 두 사람을 지켜봤어.

민한 오빠는 여전히 여자 친구에게서 시선을 떼지 못하고 있었어. 저렇게 좋을까, 싶을 정도로 말이야. 그걸 보고 있자니 더 이상 오빠에게 미련을 가지면 안 되겠구나, 싶었어. 그즈음 아까 함께 다녔던 남색 코트 남자가 나타났지. 셋이 단짝인 듯, 민한 오빠와 여자 친구는 그 사람에게 반갑게 손을 흔들었어.

연못 건너편에서 즐겁게 웃는 세 사람의 모습이 정말 행복해 보였어. 그들을 바라보고 있다 보니 마음과는 다르게 내 입가에도 미소가 감돌았어. 민한 오빠의 웃는 모습 때문인지도 몰라. 예전에도 저렇게 웃었거든. 웃는 듯 마는 듯 눈꼬리와 입꼬리가 동시에 살짝 올라가지. 그래서 나는 가끔 오빠에게 이렇게 말하곤 했어.

"웃어 봐요! 네? 씩 웃어 봐요!"

그러고는 오빠의 머리칼을 마구 헝클어 놨어. 그럴 때의 오빠 얼굴이 떠올라서 나도 모르게 피식 웃음이 났어.

그런데 하필 그때, 오빠가 내 쪽을 쳐다봤어. 놀라서 얼른 동상 뒤로 숨었지. 그런 채로 하늘을 쳐다봤어. 어느새 해가 서쪽으로 기울고 있었어. 문득 이런 생각이 들었어. 해가 지기 전에 돌아가 야겠다.

그렇게 생각하고도 발걸음이 떨어지지 않아서 선뜻 앞으로 나 아갈 수가 없었어. 이제 정말 더 이상 오빠를 볼 수 없을 것 같아 서. 하지만, 이제 가야 한다는 거 알아. 나는 용기를 내서 발을 한 걸음 뗐어.

하지만 여전히 미련이 남아서 다시 뒤로 돌았어. 마지막으로 한 번만 더 오빠 얼굴을 보고 싶어서 연못 건너편을 바라봤어.

어? 오빠가 보이지 않아. 오빠의 여자 친구와 남색 코트 남자만 벤치에 앉아 있어. 어떻게 된 거지? 음료수라도 사러 간 걸까. 살 짝 놀란 나는 혹시 몰라 벤치 주위를 잘 살펴봤어. 조금 기다리기 도 했어. 하지만 민한 오빠는 돌아오지 않았어.

기운이 빠졌어. 오빠의 마지막 모습마저 볼 수 없게 되었다는 실망감 때문에. 허탈했지만 어쩔 수 없었어. 아니, 차라리 잘됐다 싶었어. 오빠 얼굴을 보면 정말 발걸음이 떨어지지 않을 것 같았 거든. 나는 고개를 끄덕이고는 몸을 돌렸어.

그런데, 민한 오빠가 바로 내 눈앞에 서 있었어. 너무 깜짝 놀라서 잠시 숨이 멎을 정도였어.

"오, 오빠……."

얼결에 입이 떨어지긴 했지만, 어쩔 줄을 모르겠더라.

"너 새미 맞지? 강의실에서, 도서관에서 얼핏 너를 본 듯했어. 설마 했는데……."

나는 아무 말도 못 했어. 그저 오빠를 쳐다보면서 눈물만 흘렸어. 민한 오빠의 눈에도 물빛이 어른거렸어.

"나, 기억해요? 설마 나를 잊은 건 아니죠?"

나도 모르게 그렇게 물었어. 여자 친구가 생겨도 날 잊지 않았기를 바랐거든.

"당연하지. 내가 너를 어떻게 잊어?"

"그럼 나랑 한 약속도요?"

"약속?"

"역시 잊었나 봐요. 졸업하면 개강 날 오빠네 학교로 오빠를 찾아오라고 했잖아요."

"그랬……구나. 그때 나는……."

"괜찮아요. 오빠 얼굴 봤으니까, 이제 됐어요. 그거면 됐어요."

나는 얼른 눈물을 훔쳤어. 그러자 민한 오빠가 서둘러 말했어.

"난 네가 못 오는 줄 알았어. 그래도 매년 개강 날이 되면 이곳에 와서 널 기다렸어."

"정말요?"

"그래, 네가 언제 올지 모르니까. 그런데 이런 모습으로 올 줄은 몰랐어. 네가, 네가 왜……?"

이번엔 오빠가 눈물을 흘렸어. 도대체 무슨 말인지 알 수가 없어서 오빠의 얼굴만 쳐다봤어.

"무슨 소리예요?"

"……새미야."

오빠가 애처롭게 나를 불렀고, 그제야 나는 깨달았어.

"서, 설마 오빠, 내가 보이는 거예요?"

내 말에 민한 오빠는 고개를 끄덕였어.

"왜요? 보이면 안 되는데? 왜요? 왜 보이냐고요? 네?"

"새미야!"

"말해 봐요. 왜 보이냐고요, 네? 오빠가 살아 있는 사람이면 내가 보일 수가 없다고요!"

소리를 칠 수밖에 없었어. 이건 오빠에게 새 여자 친구가 생긴 것보다 더 기가 막힌 일이니까.

그런데 이번엔 민한 오빠가 젖은 눈으로 나를 한참이나 바라보더니 물었어.

"넌 왜…… 왜 이런 모습이야, 응?"

오빠의 질문에 한동안 대답하지 못했어. 바로 앞에 민한 오빠가 보이는데, 그게 너무나 어이가 없어서.

*

한참 시간이 지난 뒤에야 억지로 눈물을 삼키고 입을 열었어.

"오빠가 떠난 그해 봄에 학교에서 수학여행을 갔는데, 큰 사고가 났어요."

"그랬구나. 나는……."

오빠가 잠시 머뭇거렸어. 그리고는 연못 건너의 여자 친구를 잠시 바라보더니, 각오라도 한 듯 입을 열었어.

"나는…… 너를 만나기 이 년 전에 아버지가 돌아가셔서 그때부터 온갖 일을 다 해야 했어. 공부하다가 휴학하고 아르바이트하고, 또 공부하면서 아르바이트하고……."

"……?"

"마지막 학기만 남았던 그해 가을에 시내에서 축제가 열렸어. 하나뿐인 동생이 가고 싶다고 해서 같이 갔지. 그런데 하필 그날, 사고가 났어."

"그날……?"

얼결에 되물었더니 민한 오빠는 조용히 고개를 끄덕였어. 그 모습을 보는데 가슴이 미어졌어.

우리는 한동안 아무 말도 하지 못했어. 살아서 만났으면 했는데, 어째서 이런 모습으로 만나게 된 걸까. 누가 우리를 이렇게 만들었을까? 나는 고개를 떨어뜨렸어. 이젠 정말로 뭘 해야 할지 알 수가 없었거든.

그때 민한 오빠가 입을 열었어.

"넌 조금도 변하지 않았구나. 그때의 예쁜 모습 그대로야."

"내 시간은 그때 멈췄으니까요. 오빠도 많이 변하지 않았어요. 그때보다는 귀엽지 않지만……."

나는 고개를 들어 대답한 다음 억지로 웃었어. 그러자 오빠도 물기 어린 눈을 가늘게 뜨며 미소를 지었어. 오빠의 머리를 헝클이고 싶은 걸 꾹 참았어.

"그런데 왜 아직 여기에 있어? 그 몸으로 이승에 너무 오래 머물면 안 되는 거 알잖아."

"마지막으로 오빠를 보고 싶었어요. 한 번만이라도요. 그런데 여자 친구가 있는지 몰랐어요."

"여자 친구? 저쪽에 있는 저 애 말하는 거야? 쟤 여자 친구가 아니라 내 동생이야. 이제 이 세상에 쟤 혼자 남았어. 그날 겨우 살아난 애를 혼자 두려니 차마 갈 수가 없었어."

"네?"

"그 옆에 있는 사람이 동생 남자 친구야. 다행히 동생을 많이 아껴 주는 것 같아."

나는 고개를 끄덕였어. 민한 오빠가 끊임없이 저 애를 따라다닌 이유를 이제야 알 것 같았지. 왜 저 애가 흰 나비 장식 머리띠를 하고 있는지도. 내가 여행을 떠난 뒤, 언니와 엄마도 한동안 하얀 리본을 머리에 꽂고 다녔었거든.

나는 가만히 민한 오빠의 여동생을 바라봤어. 두 사람이 참 잘 어울린다는 생각이 들었지. 한편으로는 부럽기도 했어. 우리는 저럴 수 없어서, 가슴이 아팠어.

"오빠, 저 두 사람처럼……."

말을 꺼내려다가 입을 다물었어. 오빠가 무언가에 놀란 듯한 표정을 지었거든. 왼편, 막 노란 꽃망울을 터트리기 시작한 개나리 울타리 쪽을 쳐다보면서 말이야. 오빠를 따라 고개를 돌렸다가 깜짝 놀랐어.

스토커! 나는 반사적으로 오빠 옆으로 다가가 바싹 붙었어.

"이제 가야 해!"

스토커가 어느 때보다 단호하게 말했어.

"싫어요! 대체 왜 이래요?"

"왜 이러는지는 네가 더 잘 알잖아. 이렇게 오랫동안 이승에 머물면 안 돼. 특히 너희 둘처럼 한이 많은 영혼은 위험해!"

"제발 우리를 데려가지 말아요. 우리 오늘부터 1일이란 말이에요. 그렇죠, 오빠?"

크게 소리를 치고 민한 오빠, 아니, 내 남자 친구를 쳐다봤어. 그러자 남자 친구는 고개를 끄덕였어. 스토커가 다시 말했어.

"그건 안 돼. 너를 데려가는 것이 내 일이야. 네 남자 친구도 곧 다른 사자(使者)가 데리러 올 거야. 그만 포기해!"

"말도 안 돼요. 이제 겨우 만났는데, 또 헤어져야 한다고요? 그럴 수는 없어요!"

"아무리 버텨도 소용없어. 어서 나를 따라……."

그런데 바로 그때, 남자 친구가 내 팔을 힘껏 잡아당겼어. 그러고는 뛰기 시작했어.

"새미야, 뛰어!"

나는 남자 친구의 손을 잡고 달렸어. 그러자 뒤에서 스토커가 소리쳤어.

"안 돼! 너희는 더 이상 이승에 남아 있으면 안 돼!"

하지만 남자 친구는, 그리고 나는 그 말을 무시하고 뛰었어. 그러면서 남자 친구에게 물었어.

"오빠, 이제 항상 내 곁에 있을 거죠? 나를 떠나지 않을 거죠?"

"응! 그럴 거야. 우리 오늘부터 1일이잖아. 이제 시작일 뿐이야!"

기다렸다는 듯 남자 친구가 대답했어. 그 말에 힘이 났어. 용기가 생겼지. 남자 친구의 손을 붙잡고 있는 힘껏 달렸어. 뒤에서 스토커와는 다른 목소리의 누군가가 남자 친구에게 고함을 질렀지만, 돌아보지 않았어. 그리고 속으로 외쳤어.

'오빠와 함께 오로지 앞을 향해 달릴 거야. 우린 오늘부터 1일이니까!'

가장 설레는 시작은 무엇일까요?

사실, 무엇이든 시작은 설렙니다. 탄생이 그렇고, 꼭 하고 싶었던 일을 하거나 처음 학교에 가는 일 모두 그렇지요. 하지만 무엇보다 가장 가슴을 뛰게 하는 시작은 사랑이 아닐까요?

"우리 이제부터 1일이야!"

그렇게 시작해 본 사랑의 두근거림을 기억하시나요? 아니면 꿈꾸어 본 적이 있나요?

어떤 이유로도 빼앗길 수 없는 사랑의 시작, 그 '1일'을 기억해 주세요.

# 3월 2일, 시작의 날

ⓒ 박에스더·범유진·설재인·이선주·한정영, 2024

초판 1쇄 발행일 | 2024년 3월 19일
초판 2쇄 발행일 | 2024년 10월 31일

지은이 | 박에스더 범유진 설재인 이선주 한정영
펴낸이 | 정은영
편  집 | 전유진 최찬미 장혜리
디자인 | 이도이
마케팅 | 최금순 이언영 연병선 송의정 성채영
제  작 | 홍동근

펴낸곳 | (주)자음과모음
출판등록 | 2001년 11월 28일 제2001-000259호
주  소 | 10881 경기도 파주시 회동길 325-20
전  화 | 편집부 (02)324-2347, 경영지원부 (02)325-6047
팩  스 | 편집부 (02)324-2348, 경영지원부 (02)2648-1311
이메일 | jamoteen@jamobook.com

ISBN 978-89-544-5022-5 (43810)